LES

ROYALISTES

APRÈS LA PROROGATION

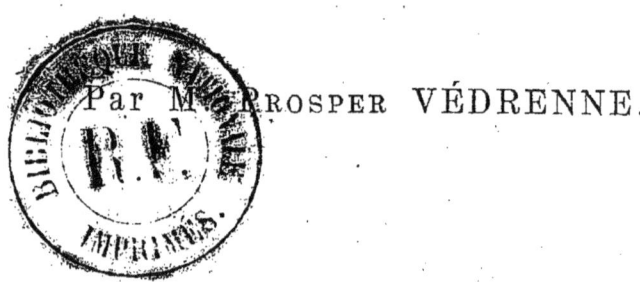

Par M. PROSPER VÉDRENNE.

TOULOUSE

DELBOY, LIBRAIRE-ÉDITEUR,

RUE DE LA POMME, 71.

1873.

Royalistes, nous venons d'éprouver une amère déception. Déjà nous apercevions le port du salut ; après tant d'années d'attente, nous étions prêts à y entrer, et nous voilà tout à coup rejetés sur la haute mer, au milieu des tempêtes, loin des rivages, dont l'aspect nous faisait tressaillir de joie. Notre douleur est d'autant plus grande que nous pouvions moins la prévoir. Tout, dans cette crise, a été soudain et inattendu. Naguère, rien n'encourageait nos espérances. Elles semblaient des chimères ; puis tout à coup elles ont paru sur le point de s'accomplir ; nous applaudissions, et, l'instant d'après, voilà ces espérances rejetées dans l'avenir le plus inconnu. Chose inouïe dans l'histoire des prétendants et des partis ! Ce n'est pas la fortune qui a manqué à notre roi. Contre toute attente, elle venait d'elle-même au-devant de lui, après lui avoir été si longtemps contraire. C'est le roi lui-même qui se refuse à ses offres, à ses avances ; c'est lui qui juge les conditions et les circonstances du moment incompatibles avec son honneur. Tout se réunit donc pour nous affliger. Jamais nous n'avions été frappés d'un coup aussi imprévu et aussi pénible. Jamais notre confiance en l'avenir et notre courage n'avaient été mis à une plus sensible épreuve.

Tout n'est pas perdu cependant, ou plutôt rien n'est perdu, et ce qui nous serait plus funeste encore que le coup qui nous a frappés, ce serait de nous laisser abattre, de nous livrer au découragement et au désespoir, de quitter nos rangs, de déserter notre drapeau ; enfin, au moment où il semble que tout nous abandonne, de nous abandonner nous-mêmes.

Dès que je vis la lettre à M. Chesnelong et les premières démarches de l'Assemblée, je conçus l'idée d'offrir aux royalistes français quelques pages propres à soutenir leur courage, à ranimer leurs espérances. Sans doute des voix plus puissantes allaient aussi se faire entendre dans la presse périodique et dans les publications de circonstance. Il ne me sembla pas que ce fût une raison de résister au mouvement de mon cœur. Le moment est sans pareil, le péril extrême. On ne peut faire trop d'efforts pour le conjurer. Il a fallu recommencer plusieurs fois ce petit travail, le modifier chaque jour, car les événements, plus rapides que la plume et que la pensée, changent à toute heure la disposition des esprits et le mouvement des idées. J'offre ces quelques pages aux lecteurs de *Vive le Roi !* et de *Marie-Thérèse.* C'est le même cœur qui les a dictées. Puissent-elles trouver la même indulgence et mériter les mêmes encouragements ! Puissent-elles surtout faire quelque bien !

MOTIFS DE CONFIANCE.

DIEU.

Le premier besoin du chrétien, son premier devoir dans les grands malheurs, c'est d'adorer la main de Dieu qui le frappe, de reconnaître et de bénir sa providence. Dieu mène tout, disait Bossuet, quand il recevait une nouvelle affligeante. Telle doit être aussi notre parole et notre pensée : Dieu mène tout. Sa sagesse gouverne le monde, elle n'est jamais dominée par l'événement, c'est elle qui le prépare et qui le conduit. Sans doute, les méchants font le mal qu'elle ne veut point, mais ce mal n'est que dans leur cœur, dans leur volonté perverse. Dieu se sert de tout pour faire le bien, et l'impie lui-même, le méchant, concourt malgré lui à l'accomplissement de ses desseins. Ce n'est pas seulement l'homme, le chrétien pris isolément qui doit se nourrir de ces pensées dans les catastrophes dont il est victime, ce sont aussi les peuples, les nations, c'est la société toute entière qui doit reconnaître et adorer la providence de Dieu dans ses grands malheurs. Elle conduit, en effet, le sort des empires comme celui du plus humble des citoyens.

A genoux, royalistes français, sous la main de Dieu qui nous frappe ! nos vues étaient pleines de patriotisme et de dévouement ; c'est pour la France que nous nous réjouissions du retour du roi ; mais puisque la Providence dispose autrement d'elle et de lui, courbons la tête, espérons des jours meilleurs et prochains. La prière console de tout ; la prière aussi obtient tout ; apaisons le ciel par la nôtre, et n'attendons que de lui seul notre secours et notre salut.

Savons-nous si l'heure actuelle était bonne ? Ce n'était pas celle de Dieu ; demain peut-être il disposera des événements plus favorables, des circonstances plus propices. Croit-on sa sagesse à bout de moyens ? elle se joue de la sagesse des hommes, son triomphe est de guérir ce qu'on disait sans remède ; l'impossible est un jeu pour elle : au moment qu'on croit tout perdu, Dieu se montre et tout est sauvé.

Les royalistes sont presque tous des hommes religieux, et les hommes vraiment religieux sont presque tous royalistes. Quel fait en faveur du roi ! quel puissant motif d'espérance ! Certes il n'en a pas toujours été ainsi. Naguère encore, plusieurs malentendus, plusieurs préjugés éloignaient bien des catholiques sincères de l'idée monarchique. N'est-ce pas une merveille que ces malentendus soient dissipés ? Aujourd'hui, grâce à Dieu, le parti royaliste est essentiellement chrétien. La révolution le sait, elle confond l'Église et le roi, les royalistes et les catholiques, dans la même haine. Elle comprend que ces idées se soutiennent réciproquement, que ces deux partis n'en font qu'un seul, qu'elle doit combattre et ruiner. Est-ce même un parti ? faut-il employer ce mot pour désigner ces hommes, ces croyances, ces traditions ? Non, non, la France monarchique et chrétienne n'est pas un parti. C'est en dehors d'elle et contre elle qu'il y a des partis, des passions, des intrigues qui s'obstinent à méconnaître la loi du pays, sa constitution primitive, ses mœurs, ses besoins ; mais la monarchie n'est pas un parti et elle vaincra ou ramènera tous les partis. La France ne peut pas périr, et c'est le roi qui doit la sauver. Ne cessons pas d'attendre ce jour avec confiance et de le demander à Dieu.

LE ROI.

Après l'espérance chrétienne, quel précieux encouragement dans nos revers et quel motif de confiance que le caractère personnel du roi ! Il est trop honnête, dit-on de toute part, et surtout depuis quelques jours. Etrange reproche, en vérité, singulier motif de désespoir! Non, les monarchies ne périssent pas par là; non, l'intégrité du caractère, la probité, l'honneur, le respect de son principe et sa parole ne fermeront pas à Henri le chemin du trône; que faudrait-il penser de la France, si les vertus du roi devaient le rendre impossible! Ce sont elles, au contraire, qui le rendent digne et capable de nous sauver.

Ah! s'il était moins honnête et moins loyal, si sa vie avait des taches et sa parole des déguisements, si son cœur laissait voir des ambitions et des faiblesses; si, des hauteurs de son principe et de son droit, il était descendu pour régner jusqu'aux transactions et aux intrigues, c'est alors que nous devrions douter de sa destinée. N'avons-nous pas eu assez de rusés et de politiques? Louis-Philippe ne l'était-il pas entre tous? Bonaparte ne jurait-il pas la fidélité républicaine quand il préparait l'empire? M. Thiers n'a-t-il pas enveloppé la France entière dans ses ruses comme en un filet? Où sont-ils aujourd'hui? et que reste-t-il de leurs finesses? Henri n'a jamais voulu tromper personne. Croit-on que ce tort soit irrémissible? Entre cet homme dont la France et l'Europe admirent la loyauté, et notre nation si fière et si noble, si amoureuse des beaux caractères, si bon juge en matière d'honneur, non, l'entente n'est pas impossible. Cette haute probité du roi sera là raison même de notre salut et de son triomphe.

Tout le monde est lassé des expédients et des intrigues, des trompeurs et des ambitieux, et il est là, lui, tout près de nous, avec l'intégrité de son principe et de sa vie, dominant de la hauteur de son intelligence et de ses vertus toutes les personnalités, tous les moyens-termes, tous les systèmes, tous les expédients qu'on nous propose chaque jour. Comment voulez-vous que la France ne se tourne pas vers lui? Ses intérêts l'y porteront comme ses instincts, ses besoins comme ses mœurs. Déjà un profond travail se fait dans les esprits éclairés et de bonne foi. Une foule de conservateurs, qui redoutaient la royauté, la désirent, et, chez le peuple même le plus ignorant, le plus trompé, où la calomnie entretient encore des préjugés sur le régime politique de la monarchie, il n'en reste plus aucun sur le caractère du roi; tout le monde lui rend hommage. Tout le monde admire son intelligence, son désintéressement, sa grandeur d'âme. Les esprits les plus opposés l'honorent, il force le respect des partis les plus contraires, et c'est dans ces conditions que nous croirions que tout est perdu !

Mais il a poussé jusqu'à l'excès, dit-on, ces beaux sentiments et ces vertus ; il a été sincère jusqu'à l'imprudence et ferme jusqu'à l'obstination, sa dernière lettre a tout perdu. Et qui sait, dirai-je à mon tour, si elle n'a pas tout sauvé ? L'opinion publique en France est vive et prompte, mais elle est aussi très-mobile ; celle des journaux surtout et du milieu où ils sont écrits est extrêmement inconstante. Elle s'agite et elle agite le pays en sens opposé, quelquefois dans l'espace d'une semaine. Ce qu'elle condamne un jour, elle l'exalte le lendemain ; le vrai devient faux, le mauvais devient bon. Aujourd'hui elle crie à l'impossible ! demain, ce qui était impossible, elle le proclame inévitable. Convient-il aux légitimistes de subir ces entraînements ? Les hommes du droit national et du principe traditionnel doivent-ils ainsi flotter incertains ? Ils ont la vérité, et la vérité ne passe pas. Les partis excitent les passions, les ambitions courent agitées dans tous les chemins pour deviner celui de la fortune ; mais ce qui était vrai reste vrai, ce qui était juste reste juste ; le roi reste ce qu'il était : la nécessité sociale, le seul remède à nos périls et à nos maux.

Le 7 août 1830, Châteaubriand tenait pour la dernière fois la tribune de la pairie. C'était le lendemain de la chute de Charles X, la veille de l'avènement de Louis-Philippe. Dans toutes les consciences, la résolution était prise. Les fidèles royalistes n'assistaient pas à la séance, où ils savaient que l'usurpation allait être proclamée ; tous les pairs qui étaient présents faisaient au plus empressé devant le pouvoir nouveau. On ne délibérait que pour la forme. Cependant Châteaubriand plaidait les droits d'Henri V, alors âgé de moins de dix ans. « Messieurs, disait-il, ce n'est pas par un dévouement sentimental que je parle. Je prends mes idées plus haut, je les tire de la sphère philosophique ; je propose le duc de Bordeaux tout simplement comme une nécessité politique du meilleur aloi. » Plût à Dieu qu'on l'eût écouté alors ! La France aurait évité un demi siècle de révolutions et de misères.

Depuis ce jour la nécessité politique n'a pas changé ; elle est devenue, au contraire, plus manifeste et plus pressante. Il faudra bientôt y revenir. En quoi la fameuse lettre a-t-elle changé la situation ? Le roi est-il moins roi et avons-nous moins besoin de lui parce qu'il a refusé de signer des choses incompatibles avec son principe et sa dignité ? Cette franchise, cette fermeté, cette noblesse de caractère et de cœur le rend-elle moins digne de régner sur nous ? En forçant l'admiration de la France, aurait-il perdu sa sympathie ? Non certes ; comme il y a des victoires qui ruinent, il y a des défaites qui sauvent. Encore est-ce une défaite que nous subissons ? Ce n'est peut-être pas même un retard. On dit que, sans sa lettre, Henri V serait déjà sur le trône ; qui le sait ? Tout ce que nous voyons depuis quelques jours en ferait douter. D'ailleurs ce n'est pas tout de monter sur un trône, il faut y monter avec honneur, et pouvoir s'y maintenir avec dignité pour le bien des peuples. Certes, Henri V aime son pays ; il n'eût pas refusé de le servir, s'il eût pu le faire avec honneur. Pensez-vous qu'il préfère l'exil à la patrie et au trône ? Il fuyait des offres qu'un prince ambitieux eût recherchées avec transport, il se taisait, il se cachait. Il n'a parlé, enfin, que lorsque son silence eût compromis l'intégrité de sa position ; il a parlé comme un roi. Sa lettre a déconcerté bien des combinaisons et des entreprises ; elle a contristé aussi bien des cœurs fidèles qui se réjouissaient déjà du retour du roi ; mais elle a encore élevé ce prince, s'il est possible, dans l'estime universelle. Non, ce n'est pas avec un tel roi qu'il faut désespérer de la monarchie ; ce sont les vices des souverains, leurs défaillances, leurs empressements, leurs lâchetés qui compromettent la cause royale, ce n'est jamais ni leur loyauté, ni leurs vertus. Henri V est aujourd'hui ce qu'il était en 1830 : « la nécessité politique du meilleur aloi. »

LES PRINCES.

Honneur à S. A. R. Mgr le comte de Paris, nouveau dauphin de France, héritier présomptif de la couronne ! Honneur à tous les princes de sa famille ! Ils viennent de passer par une épreuve difficile, disons le mot, par une tentation délicate. Dieu l'a permis pour prouver au monde la sincérité de leurs promesses, la vérité de leur réconciliation avec le roi. C'est un baptême qu'ils ont reçu, le baptême de la fidélité royaliste ; ils sont des nôtres maintenant, nous les connaissons, que dis-je ? ils sont nos chefs, nous sommes prêts à marcher à leur suite.

La présence des princes à la fête expiatoire du 21 janvier, nous avait profondément touchés ; ce fut un beau spectacle de les voir prier, eux petits-fils de Philippe-Égalité, sur la tombe des victimes royales de 93. La France se recueillit pour les contempler, les royalistes surtout les applaudirent avec transport ; nous le sentions, ils allaient être bientôt les sujets et les amis du roi. Cette pieuse démarche était pour eux le premier jour d'une vie nouvelle. Tout le monde le prévoyait, entrés une fois dans cette voie de la fidélité, ils ne pouvaient manquer d'y faire bientôt un pas décisif ; notre espérance n'a pas été trompée. Le 5 août dernier, Mgr le comte de Paris prenait le chemin de Froshdorf, il allait saluer le roi, l'assurer que « le jour où la France voudrait rétablir la monarchie, il ne trouverait pas de compétiteur dans sa famille ; » ce sont, paraît-il, ses propres paroles. Elles sont aussi simples que positives ; elles réconcilient pour toujours les princes de la famille royale, elles donnent un fils à Henri V et un dauphin à la France, elles assurent la perpétuité de la monarchie traditionnelle. Le roi reçut ce prince à bras ouverts, il le pressa contre son cœur; bientôt tous les membres de la famille d'Orléans imitèrent l'exemple du comte de Paris et reçurent le même accueil. La réconciliation a été aussi unanime que sincère; Dieu sait avec quelle joie nous l'avions apprise, et les douces larmes quelle nous a fait verser : nous l'avions tant attendue et tant désirée! il nous sembla tout à coup que nos maux allaient finir; nous portâmes jusqu'au ciel notre reconnaissance et notre bonheur.

Cependant, tous les esprits n'étaient pas convaincus, toutes les préventions n'étaient pas dissipées. Parmi les royalistes, comme dans tous les partis, il y a des hommes dont les ressentiments sont tenaces, dont les défiances ne cèdent à rien. Quand nous applaudissions, ils hochaient la tête en signe de doute. Qui sait, disaient-ils, si l'intérêt, l'ambition, la politique, enfin, n'ont pas une grande part à la résolution que vous admirez? Que leur répondre? il fallait une épreuve pour les convaincre et les rassurer. Eh ! bien, elle ne s'est pas fait attendre, l'épreuve, et elle a été décisive. La lettre à M. Chesnelong a paru. Aussitôt, les royalistes de s'écrier : Que va faire le comte de Paris? Que vont faire les d'Orléans? Presque tous espéraient une victoire, quesques-uns redoutaient une défaite; tous attendaient avec anxiété. Dieu soit loué! l'attente n'a pas été longue. Ce comte de Paris et les princes de sa famille ont tout simplement fait leur devoir; ils sont restés fidèles à la parole qu'ils avaient donnée. On leur a parlé de régence, de lieutenance générale du royaume, de présidence de la République. Ils ont tout refusé sans hésiter. La famille royale reste indivisible autour de son chef. Cependant l'épreuve était délicate : la présidence, la régence, la lieutenance, tout cela conduit à la couronne. Les ambitieux de tous les temps l'ont compris et se sont empressés de l'accepter. D'ailleurs, les bonnes raisons n'auraient pas manqué et l'on n'a pas manqué d'en suggérer pour justifier l'acceptation du pouvoir : c'était l'intérêt de la France, c'était même l'intérêt du roi. Tout ne doit-il pas céder au salut public? l'honneur en fait une loi. Il n'y a pas d'usurpation tant qu'il n'y a pas de titre royal. Prendre le pouvoir pour le restituer à qui de droit, c'est faire acte de bon citoyen et de fidèle sujet; que sais-je encore? l'on trouve toujours cent raisons pour justifier l'infidélité, pour colorer la félonie; nos princes n'ont voulu en entendre aucune : nous ne ferons rien sans l'ordre du roi, voilà leur réponse. Elle a fixé aussitôt tous les esprits; on a compris que les ennemis du roi ne trouveraient plus d'alliés dans sa famille. Tous les journaux l'ont compris et constaté, ceux qu'on appelait orléanistes y ont applaudi les premiers. C'est complet, c'est absolu, tous les Bourbons de France ne font qu'un avec le roi.

Certes, ce fait seul devrait suffire à rassurer les royalistes. Après le caractère personnel et les vertus du roi, je ne sais rien de plus propre à les remplir de confiance. Il y a deux mois, le roi légitime n'avait pas d'héritier, nous ne lui connaissions pas de successeur. Son triomphe devait être le salut d'un jour, une restauration sans avenir, sans lendemain. A quoi bon, nous disaient nos adversaires, faire tant d'efforts et tant de vœux? A quoi bon vaincre pour périr? Autant valait-il choisir d'abord une autre famille de rois, ou proclamer la République. Nous répondions : Fais ce que dois ! Et nous allions droit devant nous, sans découragement, sans hésitation, mais non pas sans inquiétude et sans douleur. Aujourd'hui, tout est changé, ce n'est plus un roi que la France attend, c'est toute une race royale, toute une dynastie de princes jeunes, honnêtes, intelligents, dévoués. C'est tout un avenir de paix, de prospérité et de gloire que cette réconciliation vient nous révéler. Royalistes, nous confondrons tous nos princes dans le même amour ; l'événement qui les a trouvés et laissés unis doit nous unir tous avec eux et autour du roi. Que leurs partisans et leurs amis les imitent, qu'ils apportent au roi le précieux concours de leurs talents, de leurs services, qu'il n'y ait plus enfin qu'une France monarchique et chrétienne. Alors la révolution sera finie, les maux de la France ne tarderont pas à être réparés.

L'ASSEMBLÉE, PRÉCIPITATION INUTILE.

Nous avons d'abord prévu comme tout le monde le découragement que la belle lettre du 28 octobre allait jeter dans les rangs des royalistes, et, malgré notre vive admiration pour le caractère qu'elle révèle, nous avons d'abord éprouvé de l'inquiétude et de la douleur. Mais combien l'attitude des groupes monarchiques de l'Assemblée, combien surtout leurs résolutions nous ont étonnés et affligés davantage ! Il ne nous convient pas de les blâmer d'une manière absolue ; trop de mystère couvre encore les détails de la crise que notre pays vient de traverser pour qu'on puisse porter des jugements sûrs, et faire à chacun la juste part qui lui revient. On nous pardonnera du moins d'exhaler notre étonnement et notre douleur.

Quoi ! parce que le roi n'a pas répondu comme on le souhaitait sur quelques-unes des questions qui lui étaient adressées, on l'abandonne aussitôt, on renonce à toute espérance, on brise tout concert, et, soudain, sans se donner un jour, une heure seulement de réflexion, on se décide à constituer un autre gouvernement. Déjà les portes de la France s'ouvraient devant lui, tous ses serviteurs tressaillaient de joie dans l'attente d'une restauration ; lui-même, sans doute, il se livrait à l'allégresse d'un prochain retour, il entrevoyait la France, il s'apprêtait à y rentrer ; et, dans un instant, tout est changé, tout est détruit. Nous voilà rejetés dans l'inconnu, voilà le roi rendu à l'exil. Certes, ce sont là des résolutions sans exemple, et qui ont dû bien coûter aux députés royalistes qui les ont prises.

Evidemment cet abandon du roi et de la royauté a paru indispensable aux membres de la droite parlementaire. Nous les connaissons, la France entière tient en haute

estime leur dévouement, leur fidélité, leur honneur. Plusieurs, presque tous, donneraient avec transport leur vie
pour le roi. Oui, quand nous avons lu dans ces listes les
noms des Kerdrel, des Belcastel, des Brun, des Bisaccia,
des Baragnon, des Depeyre, quand M. de Larcy lui-même,
le flétri de Belgrave-Square, est allé, à la tête des royalistes, offrir au maréchal Mac-Mahon le pouvoir souverain
pour dix ans, ou même pour toute sa vie, comment aurions-
nous pu douter que ces démarches ne fussent inspirées par
la conviction d'une pressante nécessité, par le zèle le plus
pur pour la patrie. Il n'appartient à personne de suspecter
des hommes d'un dévouement aussi éprouvé, aussi invaria-
blement fidèle. Qui oserait leur en remontrer en fait de
patriotisme et d'honneur ? Ce ne sera pas moi, bien sûr.

Cependant le zèle le plus pur et les convictions les plus
fidèles ne préservent pas toujours de l'erreur. Il y a des
enchaînements auxquels les caractères élevés sont soumis
comme les autres, et quelquefois plus que les autres, à
raison même de leur abnégation et de leur loyauté. N'est-ce
pas le fait de plusieurs des députés de la droite ? On a fait
gloire de tout sacrifier, conviction, amour, espérance, pour
rester fidèle à des paroles données. On a fait assaut de
renoncement avec les alliés qu'on s'était acquis. Des engagements mutuels avaient été pris, il a fallu les tenir, et
parce que, la veille, le centre droit acceptait le roi à des
conditions que le roi n'a pas cru pouvoir ratifier, le lendemain, on s'est fait un point d'honneur de l'abandonner
pour ne pas rompre l'accord. Voilà bien le danger des
compromis. Les hommes qui ont un principe à défendre
n'en devraient jamais souscrire aucun. Ils ne peuvent que
s'y compromettre et s'y affaiblir. En acceptant le roi, le
centre droit assurait sa succession aux princes qu'il affec-
tionne; il gagnait, en attendant, le triomphe de son système
politique et de ses idées, il imposait aussi son drapeau.
Mais vous, députés royalistes, qu'avez-vous gagné et qu'es-
pérez-vous ?

Enfin, une telle précipitation était-elle indispensable ?

Quoi ! vous n'avez pu vous donner seulement huit jours
pour réfléchir, pour écouter en silence le mouvement de
l'opinion et les sentiments du pays, pour échanger la con-
fidence de vos impressions, de vos douleurs, avec les royalistes de la province, vos électeurs, vos amis. La lettre est
connue le matin, et, dès le soir, vous offrez la prorogation
pour dix ans, ou même pour toute la vie, au maréchal Mac-
Mahon. Le matin, vous saluez un avènement ; le soir, vous
prononcez presque une déchéance. On dirait que le roi s'est
tout à coup rendu indigne ou incapable de régner ; oui, l'on
dirait une justice qui s'exerce, j'allais presque dire une ven-
geance qui s'assouvit. Dès le lendemain de ces tristes choses,
la *Gazette de France* disait, de l'air le plus rassuré : « Rien
n'est changé, l'union des conservateurs est indissoluble. » Ce
n'est rien, en effet, ce n'est que dix ans de plus de banissement
infligés au roi, dix ans après quarante-trois ans ! Ce n'est
rien, ce n'est que l'espérance perdue, le désordre recons-
titué. Ce n'est que la France rendue aux expédients, aux
aventures. Ce n'est que l'industrie qui expire, et le com-
merce aux abois. Ce n'est que la Prusse qui triomphe et
l'Italie qui bat des mains ! Ce n'est que la révolution encore
une fois rendue légale et seulement pour dix années ! Là-
dessus, tous les royalistes sont invités à se réjouir ou du
moins à se rassurer.

Eh bien ! moi qui ne suis rien, j'oserai le dire à ces messieurs du parlement et du journalisme. Cette facile résigna-
tion n'est pas contagieuse. Bien des cœurs ne s'y associe-
ront pas. Nous les laisserons applaudir à ces résolutions
tant exaltées, à cette unanimité si précieuse. Quant à nous,
il nous est impossible d'applaudir. C'est assez de suspendre
des jugements qui seraient prématurés et courraient risque
d'être injustes ; c'est assez de rendre hommage à des intentions qui certainement sont droites et dévouées. Mais cet
hommage est loin d'être un assentiment. Rien ne prouve
que ce sacrifice fût inévitable, ni qu'il doive être efficace.
Rien ne prouve surtout que nous eussions le droit de le
faire ; mais quand même nous eussions dû nous y résigner,

peut-être fallait-il se hâter un peu moins de l'accomplir.
Peut-être en l'accomplissant pouvait-on faire des réserves
qui l'auraient rendu moins absolu et moins douloureux.

CONSÉQUENCES.

C'est résolu. Quoiqu'on vienne à constituer plus tard, le
maréchal de Mac-Mahon sera, pendant sept ans, le chef du
gouvernement français; ce gouvernement sera légal et ce
chef aussi. La Restauration, si elle arrivait avant l'expira-
tion de sept ans, serait donc un fait illégal? Oui, sans doute,
d'après la *Gazette* et la droite parlementaire; ainsi l'ont
constitué nos députés royalistes, ceux-là même qui, la
veille, voulaient décréter que la monarchie est le gouvernement de la France et reconnaître Henri de Bourbon pour
notre roi. La République et la Monarchie sont deux faits
opposés qui ne peuvent être légaux tous les deux. Voilà
donc que la Monarchie devient illégale. La vouloir, l'espérer, c'est vouloir, c'est espérer une illégalité. Voilà Henri V
déchu de ses droits pour sept années, et par des royalistes
sincères. S'il faisait un appel à la nation, une tentative,
une démarche politique quelconque, il se trouverait hors
la loi, comme jadis sous les gouvernements usurpateurs, mais
cette fois, ce serait par la grâce de ses amis les plus dévoués. Quelle confusion !

J'ai pu écrire *Vive le roi !* sous le régime de MM. Jules
Favre et Gambetta, pendant l'état de siége de M. Thiers.
J'ai pu, comme le disait l'*Union*, jeter, le premier de tous,
ce vieux cri national à tous les échos de la publicité, sous
les despotismes républicains. Le pourrais-je, maintenant,
sous le maréchal de Mac-Mahon, mis au pouvoir par les
royalistes de l'Assemblée? Non, sans doute, car ce serait
exciter les français contre un gouvernement légalement
établi; je le pourrai dans sept ans peut-être; en attendant,
je ne le puis pas. L'obscurité de mon nom et de mon travail, la libéralité des magistrats, peut-être leur sympathie

intime et secrète me protègeraient contre la rigueur des lois, mais au fond elles seraient contre moi, elles m'infligeraient des peines. Ah! si je criais : *Vive la République!* je serais sans reproche, je serais même dans le vrai, dans la logique et dans la loi; mais *Vive le roi!* je ne le puis plus, c'est la droite royaliste qui me le défend. Quelle misère! Que des hommes intelligents et convaincus subissent de pareilles situations quand il ne peuvent y échapper, cela se conçoit, mais qu'ils se la fassent à eux-mêmes, et qu'ils la fassent à leur pays, est-ce possible?

Henri V est venu un jour en France sous le gouvernement de M. Thiers et de l'Assemblée actuelle; une multitude innombrable de Français accoururent à Chambord et le saluèrent comme leur roi; plus d'un député s'y rendit, et de ceux-là même qui ont offert la présidence de dix ans au maréchal de Mac-Mahon. Que tout cela plût à M. Thiers, je n'oserais pas positivement l'assurer; mais il connaissait les dispositions de la majorité parlementaire, il se garda bien de protester. Aujourd'hui, Henri V pourrait-il revenir dans son château? Sa présence ne serait-elle pas un danger pour le gouvernement légal, et par conséquent pour le pays? Les ministres ne devraient-ils pas l'engager à regagner la frontière? Ils le devraient sans doute, et les députés de la rue Colbert et des Réservoirs le devraient aussi. Mais croyez-vous qu'ils le feraient? Qui le sait? N'ont-ils pas voté la légalité du nouveau régime? C'est un sacrifice de plus qu'ils feraient. Et si les royalistes couraient encore à Chambord, s'ils criaient *vive le Roi!* s'ils jetaient des lis sur les pas du noble proscrit, ah! les ministres feraient leur devoir, et nous serions réprimés et punis, selon la rigueur des lois. Quelle contrandiction! et quelle misère!

La France le sait, les royalistes ne bravent aucun pouvoir. Ils se soumettent à tous les gouvernements établis, à toutes les voix du pays. Ils fuient avec soin tout ce qui pourrait ressembler à la provocation, à la sédition. Toutefois, si le roi reparaissait tout à coup au milieu de nous, l'épreuve serait bien forte, et nous ne pourrions répondre de nous-mêmes. Oui, dès que le roi aurait touché le sol français, une indicible émotion ferait tressaillir tous nos cœurs. Nous oublierions votre légalité d'hier, nous passerions, avec respect, à côté du gouvernement provisoire ou définitif que vous voulez établir, et nous accourions au-devant de Henri V; à son aspect, le vieux cri de : *Vive le roi!* s'échapperait encore de notre poitrine, et porterait à tous les échos notre amour et notre joie. Royalistes de l'Assemblée et du ministère, pourriez-vous nous condamner, nous punir ? Que dis-je ? Etes-vous bien sûrs de ce que vous feriez vous-mêmes ? Vieux serviteurs de la légitimité bannie qui courûtes la saluer dans tous ses exils, visiteurs d'Ems et de Wiesbaden, pèlerins d'Holy-Rood et de Goritz (1), *flétris* de Belgrave-Square, êtes-vous sûrs que vous resteriez tranquilles dans vos ministères ou sur les bancs de l'Assemblée, si vous saviez Henri V en France. Ah ! laissez-moi le dire, vous ne le pourriez pas plus que nous ; votre cœur parlerait plus haut que la fragile légalité que vous avez établie ; vous seriez dans nos rangs, vous marcheriez à notre tête, vous crieriez avec nous : *Vive le roi!* Mais pourquoi constituer une légalité contre lui ? Pourquoi offrir dix ans du pouvoir suprême, qui, vous le savez, n'appartient qu'à lui ? Sans doute le gouvernement de Juillet, contre lequel vous protestiez, était une légalité, lui aussi; mais, du moins, ce n'est pas vous qui l'aviez faite.

(1) Henri V vint à Londres en 1843, pour se rapprocher pendant quelques jours de la France et des royalistes. Plusieurs milliers de Français passèrent le détroit et allèrent saluer l'auguste exilé. Il y en avait du rang le plus élevé, et aussi de la condition la plus modeste, des pairs de France et de simples ouvriers. Ce fut une immense manifestation. La présence de Châteaubriand , de Berryer et de plusieurs autres célébrités politiques ou littéraires en augmentait encore l'importance. Cinq députés y prirent part. C'étaient MM. Berryer, de La Rochejaquelein, Blin de Bourdon, de Larcy et de Valmy. A la session suivante, l'adresse de la Chambre des députés, en réponse au discours du trône, *flétrissait*, c'était le terme, la grande manifestation royaliste. Elle fut votée après de longs débats et à une faible majorité. Aussitôt les cinq députés flétris donnèrent leur démission. Ils furent réélus tous les cinq.

SOUVENIR ROYALISTE.

Le 12 mars 1814, le duc d'Angoulême, neveu de Louis XVIII, faisait, après vingt ans d'exil, son entrée dans la ville de Bordeaux, la première qui se fût prononcée en faveur du roi. C'était une flagrante illégalité, car Bonaparte était encore empereur. C'était surtout une dangereuse imprudence, puisque une victoire pouvait tout à coup faire tomber entre ses mains la ville et le prince. Cependant tous les Bordelais volaient au-devant du neveu du roi, ils arboraient le drapeau blanc, ils jonchaient les rues de fleurs, ils criaient : *Vive le roi! vivent les Bourbons!* C'était un entraînement immense, un enthousiasme sans pareil. Un homme cependant manquait à la fête, un homme que tous les yeux y cherchaient, un royaliste fidèle, qui n'avait jamais dissimulé ses sentiments : c'était l'archevêque, Mgr D'Aviau du Bois de Sanzay. Retiré dans son palais, il entendait les cris du peuple et n'osait y prendre part, à cause du serment de fidélité qu'il avait été obligé, comme évêque, de prêter à l'empereur. Sans doute c'était un scrupule exagéré, mais le saint évêque ne pouvait le surmonter. Il aurait cru manquer à son devoir en s'associant à des manifestations royalistes, tant que la déchéance de Bonaparte n'était pas légalement prononcée. On le pressait en vain. Il pleurait, mais il résistait. « Oh! que vous êtes heureux, disait-il à ses amis, de n'avoir pris aucun engagement contre le roi! » Nos royalistes constituants seraient-ils moins scrupuleux que ce saint évêque? Après avoir constitué la légalité septennale, croiraient-ils pouvoir voler au-devant du roi? S'ils se montraient aussi scrupuleux, quelle douleur ils se seraient préparée! S'ils étaient moins timorés, ne le seraient-ils pas trop peu? L'archevêque de Bordeaux avait fait serment à la légalité impériale; mais du moins ce n'était pas lui qui l'avait faite, et cependant il répétait : « Qu'ils sont heureux ceux qui n'ont pas d'engagement contre le roi ! »

LÉGALITÉ, LÉGITIMITÉ.

M. Gustave Janicot distingue dans la *Gazette de France* (du 8 novembre 1873) entre le *fait légal* et le *droit ;* c'est à dire sans doute, entre la *légalité* et la *légitimité*. « La monarchie étant momentanément écartée, dit-il, aucun parti ne peut constituer dans le *droit*. Il est bien évident, ajoute-t-il, que ce que l'on veut constituer (la présidence pour sept ans) ne peut avoir que le caractère du *fait*. Il est incontestable aussi que ce *fait* est *légal*. Tout ce qu'on institue, depuis que la théorie révolutionnaire a triomphé, porte le caractère du fait. » Voilà qui ne manque pas d'habileté, et, pourtant, que de difficultés se présentent à l'esprit ! Est-ce que tous les faits accomplis ne sont pas légaux ? *Légal*, c'est sans doute ce qui est conforme à la loi, et *légitime*, qu'est-ce ? Y a-t-il des lois qui ne soient pas légitimes ? S'il y en a, sont-ce de vraies lois et qui commandent à la conscience ? S'il n'y en a point, qu'est-ce que cette légalité qui n'oblige à rien ? Quand le *fait* est contre le *droit*, c'est-à-dire injuste, peut-il être *légal*, et qu'importerait qu'il le fut ? L'éminent publiciste appelle évidemment *légitime* ou de *droit* ce qui est établi sur les lois primitives de la nation, sur sa constitution originaire. Peut-on faire de vraies lois contre ces lois primordiales ? Si on le peut, ces lois primitives sont abolies, il n'y a plus de légitimité ; si on ne le peut pas, qu'est-ce que la *légalité* ? qu'est-ce que le fait simplement légal ? Mon Dieu ! c'est à s'y perdre. Bossuet, qui ne connut jamais ces subtilités, répondait : « Tout ce qu'on fait contre la constitution primordiale d'un pays est nul de soi. » Il n'examine pas si c'est *légal*, il dit tout simplement que c'est *nul*. Et il ajoute : « Il n'y a pas de droit contre le droit. » C'est la *Gazette* qui me l'a appris et je m'en souviens.

RESPECT AUX POUVOIRS ÉTABLIS.

Les royalistes comprennent, eux aussi, qu'il faut respecter certains faits politiques, en dehors du droit, à savoir les gouvernements établis, sur lesquels reposent, pour un temps dont Dieu seul est le juge, l'ordre extérieur et les intérêts matériels de la société. Il y aurait parfois une terrible imprudence à soulever les esprits contre eux, car ce serait livrer le pays à une anarchie immédiate et sanglante. Ce travail est l'œuvre de Dieu, qui le fait à son heure et comme il veut. L'homme de bien le demande et l'espère; il ne se permet pas de le devancer. Il supporte un désordre que la Providence veut laisser durer, elle, dont les desseins sont impénétrables, et qui sait tirer le bien du mal même; il le supporte sans l'aimer, sans y prendre part, car il sait que l'ordre matériel n'est rien sans l'ordre moral, et que ce qui est contre le droit ne peut ni durer longtemps, ni conduire au bien. On a vu des royalistes sincères jurer fidélité à la puissance de fait, laissant à Dieu le soin de la renverser, et, par là, de les dégager de leur serment. On en a vu davantage qui croyaient devoir s'abstenir. C'est un difficile problème que chacun résout suivant ses lumières et son jugement. Qu'il soit parfois nécessaire d'obéir aux gouvernements de fait, qui en doute? qu'on puisse leur jurer fidélité, je n'ose dire le contraire. Heureux ceux qui n'ont pris aucun engagement contre le service du roi! Mais qu'il soit logique et sage pour des royalistes de constituer ce qu'on appelle aujourd'hui la légalité, c'est-à-dire de décréter, ne fût-ce que pour sept ans, l'illégalité du droit et du roi, ah! je ne voudrais offenser personne, mais pour ma part, je ne le crois point.

Pour Châteaubriand, la chute de la Monarchie légitime, en 1830, ne fut pas une surprise. Il l'avait prévue et prédite depuis longtemps; si même il en eut cru son amour-propre, il n'y aurait vu qu'un triomphe pour l'opposition à la tête de laquelle il s'était placé. Il blâmait avec amertume la marche du gouvernement royal, il croyait même avoir des injures à venger, et son ressentiment était devenu une violente passion. La ruine des ministres l'eût réjoui ; c'est à peine si la chute du roi et de sa famille pouvait l'apaiser. Il exhalait encore sa colère à la tribune des pairs, le 7 août, en des termes dont sa grande âme a exprimé dans la suite d'amers regrets ; mais, quand il fallut conclure et voter, après avoir rendu hommage au pouvoir de fait qui s'établissait : « Je vote pour Henri V, dit-il, le trône n'est pas vacant ; je ne vois de vacant qu'une tombe à Saint-Denys. » Le même jour, il refusa les pensions et les honneurs que lui offrait le *fait légal*, et il donna sa démission de la pairie. Ce discours, la France le sait, Châteaubriand eût voulu ne l'avoir jamais prononcé. Mais ce vote est l'honneur de toute sa vie ; c'était, dans ses derniers jours, sa meilleure consolation. S'il eût voté contre le roi, il en serait mort de douleur.

EXCUSES, LE PROVISOIRE.

Il est vrai qu'on n'a pas fait une nouvelle royauté. C'est un pouvoir temporaire qu'on a fondé. On a voulu réserver le titre et le droit du roi, aussi bien que l'espérance de la monarchie. S'il se fut agi de donner la couronne, les députés royalistes n'y auraient jamais consenti. Toutefois, il a été question d'une présidence à vie. Serait-on allé jusque-là ? Hélas ! il y a des pentes bien terribles ! Quand on s'y est engagé, il est bien difficile de se retenir. Un mot de Mac-Mahon a sauvé la forme de l'honneur. « Dix ans ou la vie, à mon âge, c'est indifférent. » C'est indifférent aussi à l'âge de bien d'autres. Les années de l'homme sont à Dieu, qui les lui donne ordinairement peu nombreuses. Dix années sont un long espace de temps. De ceux qui sont aujourd'hui à la tête de nos affaires, combien peu vivront après dix ans ? Dieu gardera l'homme de sa droite ; les destins du roi sont manifestes et glorieux, il ne mourra qu'après nous avoir sauvés. Mais est-il prudent de compter sur ce qui n'appartient qu'à Dieu ?... Si le roi mourrait dans son exil, je plaindrais ceux qui l'auraient prolongé de sept années.

On compte, dit-on, sur la Providence. Ah ! j'y compte aussi pour nous sauver de nos malheurs et de nos fautes. Les royalistes mettent en elle leur espérance. Le roi nous en donne l'exemple. Il attend du ciel un salut prochain. Non, nous n'attendrons pas sept ans la fin de nos maux, l'établissement du gouvernement légitime et national. Tant d'événements imprévus peuvent abréger les délais ! La Providence tient tout dans sa main, les événements et les cœurs, elle saura bien les disposer quand il le faudra. Certes, la prorogation ne lui fera pas obstacle. Mais, pour avoir le droit de compter sur elle, il faut n'avoir rien fait contre les principes éternels, qui sont sa loi. Royalistes français, restons libres de tout engagement, de tout compromis. Les principes ne supportent pas de transactions. La vérité est à nous, la victoire nous restera. Soyons pleins d'égards pour toutes les convictions sincères. Comme le roi, soyons reconnaissants de tous les services rendus au pays. Montrons à tous les hommes de bien, quelle que soit leur opinion, de la sympathie, une honnête et cordiale déférence. N'ayons contre le pouvoir qu'on vient d'établir, ni parti pris d'opposition, ni hostilité systématique ; n'excitons pas contre lui les passions du peuple. Reconnaissons, estimons le bien, partout où il est ; mais gardons nos principes et notre foi, ne votons jamais rien qui les engage. La France ne peut être sauvée que par eux.

LA NÉCESSITÉ.

On allègue la nécessité! mais c'est donc un sauveur qu'on veut constituer, un autre sauveur que le roi, un autre salut que le droit, la vérité, la tradition nationale; voici une étrange prétention de la part des députés et des journaux royalistes. La veille on disait : monarchie ou anarchie; le lendemain, c'est le même refrain, il n'y a qu'un mot de changé : Mac-Mahon ou anarchie. Les articles de journaux sont tout faits, tout signés; il n'y a qu'à les reproduire avec cette légère variante. Hier l'impérieuse nécessité, la loi suprême du salut public rappelait le roi; aujourd'hui la même nécessité, la même loi de salut public réclame le maréchal; un jour a suffi pour tout changer, quelques lignes du roi ont tout détruit. Le matin, il se réveillait sauveur indispensable et unique de la patrie; le soir, il s'est couché inutile et impuissant. En même temps, une révolution analogue, quoique opposée, s'opérait avec la même rapidité pour le maréchal Mac-Mahon. Le matin, l'on combattait la prorogation de ses pouvoirs, comme le prolongement d'un provisoire inutile et ruineux, et le chemin d'une irrémédiable anarchie; le soir, oh! le soir, quelle différence! le maréchal était nécessaire, c'était l'unique port du salut, on lui offrait le pouvoir pour dix années ou pour la vie à son choix. Je tremblais qu'on ne lui offrit l'hérédité; s'il l'eût voulue, il l'aurait obtenue peut-être. Quel triste abandon du drapeau après un revers! Quelle déroute! Et la *Gazette* écrivait : rien n'est changé, la majorité est indissoluble.

Royalistes, que diront les peuples? que penseront-ils de ces principes si facilement mis au rebut, de cette monarchie tour à tour indispensable et impossible, de ce roi, de ce sauveur désigné par le ciel, attendu comme un messie, et, l'instant d'après, confiné dans les inutiles? Je vous le demande qu'en penseront-ils? Leur ferez-vous des explications et des distinctions? Leur direz-vous que vous avez seulement constitué le *fait légal*, en réservant le droit, le principe auquel vous espérez revenir plus tard ? que vous n'avez pas disposé du trône, qu'il ne s'agit que d'une souveraineté subordonnée et temporaire ? Ah ! les peuples n'entendent rien à ces nuances d'idées si déliées et si savantes. Ils ne sont frappés que par les raisons de sens commun ; ils voient que vous leur donnez encore un maître ; ils vous ont entendu acclamer tous les sauveurs de rencontre, tous les messies d'occasion, autrefois Cavaignac et Bonaparte, aujourd'hui Mac-Mahon après M. Thiers. Comment croiront-ils que le roi est le sauveur unique, un principe indispensable ? penseront-ils que vous le croyez seulement vous-mêmes ?

DIFFICULTÉS.

Certes, le maréchal Mac-Mahon n'a pas convoité le pouvoir ; aucune intrigue, au moins de sa part, ne l'y a porté. C'est le seul, depuis la révolution, qui l'ait obtenu sans l'avoir brigué, c'est aussi le plus honnête et le meilleur. Le 24 mai, il l'accepta avec une abnégation qui fut universellement admirée. Cette présidence sans durée légale, ce pouvoir soumis par sa nature même et surtout par les intentions bien connues de celui qui en était investi, à tous les événements, comme à toutes les volontés du pays, constituait une des situations les plus sympathiques et les plus loyales qui se puissent imaginer. Les royalistes étaient pleins d'estime et de confiance pour le maréchal. Parlant au nom de la France monarchique, Henri V l'appelait le Bayard moderne. Puis, l'épreuve est venue pour lui comme pour les autres. On a offert au nouveau Bayard le pouvoir suprême, non plus révocable, et, par conséquent, subordonné, mais indépendant et en quelque sorte viager. C'était presque la couronne du roi qu'on offrait ; qu'eût fait Bayard en cette occasion ? Le maréchal a accepté. Loin de mettre des réserves à son acceptation, il a désiré que la durée de son pouvoir fut certaine et longue. « Dix ans, c'est la vie, » il l'a dit lui-même ; on peut le dire aussi de sept ans. C'est donc une royauté qu'il a acceptée, élective, il est vrai, mais en quelque sorte viagère.

Cependant, il faut bien le dire, malgré d'incroyables entraînements , la droite parlementaire éprouvait bien quelques scrupules. Tout en offrant le pouvoir au maréchal, M. de Larcy aurait préféré que la durée en restât soumise aux événements. On a parlé de lieutenance-générale, de régence. Pourquoi ces idées n'ont-elles pas même été discutées ? La lieutenance-générale jusqu'à l'avènement du roi, c'était tout à la fois la reconnaissance du principe et le maintien de l'expédient ; c'était l'espérance laissée à l'exilé et à ses fidèles serviteurs. L'espérance console de tout. On pouvait même assurer les dix ans, sous cette unique réserve. Le maréchal ne l'a pas voulu, il a préféré un titre indépendant avec une durée garantie.

LA LOGIQUE.

C'est la logique, dit-on, qui excluait la lieutenance et la régence. Mais de quelle logique veut-on parler ? Est-ce de celle des principes et des traditions ? Il est vrai, la lieutenance supposait le consentement du roi; était-il impossible de l'obtenir ? Ne pouvait-on du moins le demander ? Le temps pressait, dit-on. Hélas ! on n'a été que trop vite. Dieu veuille qu'on n'ait pas à s'en repentir ! Quand le roi Jean était prisonnier des Anglais, le Dauphin Charles fut reconnu comme régent. Il sauva la France et mérita le surnom de *Sage*. La reine Marguerite exerça la régence pendant la captivité de saint Louis ; l'histoire a loué sa fermeté et sa valeur. Pendant que Louis VII était en terre sainte, la France jouit d'une heureuse paix sous la régence de l'abbé Suger. Il y a eu d'autres régences sous des rois

empêchés d'exercer leur autorité, et elles ont été généralement prospères. Celle du maréchal pouvait le couvrir de
gloire et nous éviter bien des maux. Il verra si la présidence est plus facile et plus douce.

Ce qui se prépare, d'ailleurs, est-il plus logique ? Le maréchal sera président, mais de quoi ? C'est ici que nos habiles s'embarrassent. Est-ce président de la République ? Ah
voilà les conservateurs qui s'écrient : Nous ne voulons pas
de la République. Le mot seul est odieux. Puis, la République proclamée par les monarchistes, et contre les républicains, est-ce bien logique aussi ? Non, le maréchal ne
doit pas être président de la République. Mais, encore une
fois, de quoi sera-t-il président ? Un publiciste célèbre l'a
dit : C'est le président de l'inconnu. N'importe, il veut
porter ce titre. Le lieutenant-général est sujet du roi, il
n'a que la seconde place. Le maréchal aura la première, et
il l'aura pour sept ans, car il a fallu renoncer aux dix, de
peur de n'avoir pas la majorité. Croit-on que le prestige du
maréchal y ait gagné ! L'*Univers* affirme qu'il y a perdu,
et qu'on l'a en quelque sorte compromis. L'*Univers* est un
des premiers organes de l'opinion publique en Europe. Il
peut dire des choses que nous oserions à peine penser.
Attendons ; la suite des faits nous instruira.

Séparé de la majorité parlementaire qui l'a élu, que serait
le président ? Or, cette majorité ne peut pas durer toujours,
il est même douteux qu'elle puisse durer longtemps. Mais
quand même elle devrait vivre encore quelques années, le
maréchal pourra-t-il la contenter toujours ? Croit-il que les
hommes qui lui ont sacrifié, dans un jour d'alarme et d'entraînement, leurs principes, leurs convictions, leurs affections de toute la vie, n'éprouveront pas bientôt quelques
regrets, je n'ose pas dire quelques remords ? Ils lui ont, il
est vrai, donné leur parole, mais plusieurs ne l'avaient-ils
pas donnée au roi ? C'est à la nécessité qu'ils viennent de
la donner plutôt qu'à lui, et s'il ne répond pas, après quelques jours, à cette nécessité, ou si le danger qui pousse à
tout paraît conjuré, croit-il les avoir enchaînés pour tou-

jours ? Ils continueront, j'en suis sûr, à aimer le roi, à le désirer, à l'espérer ; revenus d'une sorte de surprise, ils agiront, plusieurs du moins, d'après les sentiments de toute leur vie, et alors que deviendra la majorité ? que deviendra la présidence ?

Le soir de la bataille de Waterloo, Bonaparte blâmait sévèrement la conduite du général Bourmont, dont le général Gérard lui avait répondu sur sa tête. « Gérard, lui disait-il en mettant la main sur son front : voilà une tête qui m'appartient. Et il ajoutait avec amertume : mon ami, je vous le disais, les blancs sont toujours blancs, et les bleus sont toujours bleus. » J'ose rappeler cette parole aux royalistes qui ont voté la prorogation.

Que Dieu donne force et courage au maréchal de Mac-Mahon ! Il a l'estime de la France entière et il la mérite. Mais il vient d'entrer dans une voie qui sera, pour lui, celle des douleurs. Les partis lui ont promis ce qu'ils ne peuvent pas tenir, ce qu'ils n'ont jamais tenu. L'oubli de leurs affections, la modération de leurs impatiences. En acceptant leur engagement, il les a mis hors d'état d'y pouvoir être fidèles. Avec un pouvoir révocable, tous les conservateurs l'auraient soutenu ; ses sept ans en tourneront beaucoup contre lui. C'est si long dix ans, ou même sept ans, pour l'impatience des partis ! La France est haletante ; elle vit avec une activité qui emporte tout ; un principe résisterait à peine à cette mobilité dévorante, un principe avec un droit, une tradition et le respect d'un incomparable prestige. Le maréchal n'a rien de cela ; c'est un honnête homme un brillant soldat, et rien de plus. Chacun l'a pris faute de mieux, regrettant, espérant le mieux, et comptant sur lui pour y arriver. Comment durer dans ces conditions ? Que la question du drapeau, qui tient la France en suspens, vienne tout à coup à être résolue, voilà l'immense majorité des conservateurs d'accord sur le rétablissement de la monarchie. Alors, que devient le maréchal ? Voudra-t-il résister à ce courant ? Restera-t-il à la présidence malgré les royalistes qui l'y ont mis ? mais alors quelle est la base de son pouvoir ? Un contrat, une sorte de loyer ? Mais tout le monde ne l'a pas signé, ce loyer, et ceux qui l'ont signé seront les premiers peut-être à le regretter. Royalistes qui n'étions pas au contrat, nous gardons nos vœux et nos espérances, nous gardons aussi notre liberté d'action. L'*Union* l'a dit dans un magnifique article : « Nous serons pour le maréchal contre la commune; en toute autre supposition, nous sommes et nous serons toujours pour le roi. »

LE MARÉCHAL.

Ah ! j'avais rêvé pour le maréchal de Mac-Mahon une autre destinée, une autre gloire. J'espérais voir Bayard à côté du roi, debout près de son trône et l'épée de connétable à la main; c'est le vœu que la première épouse de Bonaparte formait pour lui; je le dépose, avec respect, aux pieds de l'illustre maréchal. Avait-il porté plus haut les siens ? Je ne le crois pas. On assure qu'il désirait le retour du roi; quelques-uns croient encore qu'il serait heureux, si le vœu du pays se prononçait en ce sens, d'abandonner le pouvoir. Je le croirais moi-même de son noble cœur, de sa raison si droite et si élevée. Il faut au pays, le maréchal le sait bien, un principe impérissable, avec un droit incontesté et une tradition séculaire. Il est, lui, le salut d'un jour, une épée qui veille à l'ordre public, pendant que la France se recueille et se prépare à son destin. Le jour où elle lui dirait : je suis prête ! ce n'est pas lui qui se cramponnerait au pouvoir comme un ambitieux vulgaire. Mais, alors, pourquoi refuser la lieutenance générale pour jusqu'au rétablissement de la monarchie ? pourquoi, du moins, ne pas mettre une réserve à la prorogation septennale ?

Avec une place laissée dans la loi à l'espérance des royalistes, les conservateurs de toutes les opinions, c'est-à-dire les monarchistes de toutes les nuances, auraient béni son pouvoir ; tout ce qu'il y a d'honnête en France aurait marché et combattu sous son drapeau. En voulant assurer à son pouvoir une durée qui blesse nos consciences, on a préparé la division du grand parti de l'ordre, dont il est le chef pendant l'absence du roi ; on a amoindri cette puissante unanimité, si nécessaire au salut de notre patrie. Quant à l'anarchie qu'on veut vaincre, que fera contre elle cette durée de sept ans ? La vraie force des pouvoirs élus, leur unique point d'appui est dans la majorité parlementaire. Le maréchal ne peut vivre et gouverner qu'avec elle ; que cette majorité vienne à lui manquer, ou qu'une nouvelle assemblée lui soit contraire, que fera-t-il ? Évidemment rien. Toute la question est là ; obtiendra-t-il de meilleures élections avec cette durée légale qui attriste les royalistes ? et si les élections étaient mauvaises, à quoi lui servirait la prorogation ? il faudrait céder ou en venir à un coup d'État. Ainsi, le problème de l'avenir est toujours le même : ou la France abjurera la révolution en rétablissant la royauté, ou nous serons ballottés sans fin entre le despotisme et l'anarchie.

Tous les pouvoirs demandent la durée et tous l'obtiennent des assemblées qui les instituent. Trois fois déjà, dans ce siècle, on a promis l'hérédité, c'est-à-dire l'immortalité aux pouvoirs élus ; qu'en est-il resté ? Ce qu'on fait en un jour ne dure qu'un jour, une tempête le détruit. C'est le passé qui garantit l'avenir. Napoléon disait : ah! si j'étais mon petit-fils! il disait encore, après le désastre de Waterloo : un Bourbon s'en relèverait ! Oui, la royauté légitime se relève de tous les revers ; son origine se perd dans la nuit des temps ; elle est aussi ancienne que la France ; ses racines, pendant les siècles, ont poussé dans les profondeurs de notre sol ; voilà le secret de sa durée ; c'est parce que le passé est à elle, que l'avenir lui appartient.

SUPPOSITIONS.

Si le maréchal de Mac-Mahon est arrivé au pouvoir sans s'être abaissé par aucune intrigue, nul ne peut douter non plus du désintéressement des royalistes parlementaires qui l'y ont porté. Leur unanimité en est la preuve ; quelques hommes peuvent agir par ambition, on ne peut supposer ce motif à tout un parti ; il est surtout des noms à la hauteur desquels aucun soupçon ne pourrait monter. Mais alors comment expliquer la démarche du 30 octobre, si peu conforme aux affections et aux principes de la droite ? Par un entraînement de patriotisme sans doute. On a vu la France prête à périr et l'on s'est jeté, sans réflexion, dans les bras du maréchal, en le conjurant de la sauver. Toutefois, cette précipitation est bien étonnante, et les royalistes de la chambre, revenus de l'illusion du premier moment, en seront peut-être eux-mêmes fort étonnés. L'on assure que déjà leur unanimité n'est plus si complète ; plusieurs regrettent qu'en accordant la prorogation, on n'ait rien réservé en faveur du roi. Plusieurs encouragent les innombrables pétitions qui, tous les jours, réclament la restauration de la monarchie. Il est donc bien naturel de rechercher, autant du moins qu'on le peut en l'absence de tout renseignement positif, les mobiles, nécessairement très divers, d'une résolution si surprenante.

Voici des suppositions qui ne paraîtront pas, je le crains, sans vraisemblance :

Il y a eu pour plusieurs des mécomptes, des froissements, peut-être même chez quelques-uns un mécontentement voisin de l'irritation. On avait conduit à grand'peine, pendant quatre mois, cette difficile affaire de la fusion. On la croyait sur le point de réussir. Le roi allait remonter sur le trône dont on lui avait ouvert le chemin, il allait devoir son retour aux fusionnistes de l'Assemblée, et surtout à la commission des Neuf, aux députés qui négociaient dans ce but

entre elle et lui. Quelle reconnaissance n'aurait-il pas, et
toute la France royaliste avec lui, à ces heureux négociateurs ! Certes, ces pensées-là ne sont pas de l'ambition ;
elles sont encore moins de l'intrigue. Comment travailler
au grand œuvre du salut d'un peuple, de la restauration
d'une monarchie, sans tenir passionnément au succès, sans
se flatter d'y attacher son nom, et de recevoir au moins
pour récompense, les félicitations de ses amis et l'applaudissement du public ? Il n'est pas homme celui qui ne comprend pas cette faiblesse, — c'en était là, c'était fini. Le programme était dressé, la majorité certaine; on n'attendait que
le jour de la discussion publique. Encore ne devait-elle
avoir lieu que pour la forme, car le résultat paraissait certain ; et tout à coup ce n'est rien. Le roi écrit quelques
lignes et tout espoir s'évanouit ; l'on a mal compris, l'on
s'est trompé. La mission qu'on s'était donnée a complètement échoué, le succès qu'on annonçait n'est qu'une illusion. Ce n'est, en tout, qu'un immense et déplorable malentendu. Non, encore une fois, il ne serait pas homme celui
qui ne comprendrait pas la vive contrariété qu'ont dû res-
sentir les hommes versés dans cette entreprise et soumis à
ces déceptions ? Que dire à tant d'amis à qui l'on annonçait
un succès prochain et glorieux ? Que répondre aux railleries
des radicaux, aux moqueries des défiants et des incrédules
qu'on espérait accabler par l'événement ? Que répondre
surtout aux fusionnistes du centre droit et du centre gauche,
alliés difficiles à conquérir et auxquels il avait fallu faire,
au nom du roi, tant de concessions et tant de promesses ?

Telle était la situation des membres de la droite et surtout de ceux qui avaient pris à l'affaire une part active.
Ils avaient l'air d'empressés qui ne peuvent tenir ce qu'ils
ont promis. Cela semblait une cruelle mystification, dont
ils étaient les auteurs ou les victimes. Chez quelques-uns,
c'est la franchise qui s'est révoltée par la peur de ressembler à des intrigants démasqués ; chez plusieurs, c'est
l'amour-propre par la crainte de passer pour dupes. Chez
tous, sans doute, le respect des engagements pris avec le

centre droit a parlé bien haut. Il fallait prouver sa loyauté à des alliés mécontents; on a tout sacrifié à ce besoin. Il s'est fait un entraînement où le patriotisme se mêlait au sentiment d'une amère déception. On s'est livré soi-même en gage de sa bonne foi, on a presque cédé son principe à ces alliés de la fusion qui faisaient valoir leur concours de la veille pour justifier leurs exigences du lendemain. Ceux qui devaient les conduire au roi n'ont pu moins faire que de les suivre chez le maréchal; et, parce que les royalistes n'avaient pu donner le sauveur qu'ils avaient promis, il leur a fallu accepter, sans objection, celui que présentaient leurs alliés. Ce n'est pas l'histoire que je raconte ; personne encore n'est assez instruit des faits pour le pouvoir faire ; ce ne sont que des conjectures que j'établis; nous verrons bientôt si l'histoire les contredira.

Ces conjectures paraîtront plus que vraisemblables si l'on veut se rappeler l'attitude des journaux de la droite au lendemain de la fameuse lettre. Le *Monde* et l'*Univers* ne pouvaient croire qu'elle compromît l'espérance des royalistes ; l'*Union*, au contraire, craignait beaucoup une pénible impression du public et s'efforçait de la prévenir : « Quelques-uns, disait-elle, regretteront peut-être leurs jugements irrités. » Ce mot allait évidemment à l'adresse des journaux et des députés fusionnistes. « Quant à nous, ajoutait-elle, nous restons au poste de combat que nous avons toujours occupé. » La *Gazette* dissimulait sa douleur, mais sans essayer de modérer des mécontentements que sans doute elle partageait. « Oui, nous avouons que nous sommes frappés, » disait-elle; et aussitôt elle passait, sans aucune réserve, au maréchal de Mac-Mahon. Plus jeune et plus bouillante que la *Gazette*, l'*Union de l'ouest* ne pouvait contenir sa colère et en faisait remonter l'expression jusqu'au roi lui-même, avec une amertume contenue à peine par le respect. Elle ne pouvait croire à l'authenticité de la lettre, elle réclamait vivement des explications ou un désaveu. Hâtons-nous de le dire, cette feuille fidèle s'est bientôt rangée à la défense du roi.

Le *Journal des Débats* avouait sa surprise et sa douleur; il appelait la lettre du roi une « imprudence suprême. » *Paris-Journal* respectait le roi, mais il se plaignait avec amertume des négociateurs de la fusion. Le *Constitutionnel* se hâtait de dire que la lettre de Salzbourg était le *de profundis* de la fusion; quant au *Figaro*, naturellement il n'avait soutenu la fusion que pour éviter le reproche de l'avoir fait échouer, mais au fond il n'y avait jamais cru, et de tout son cœur il courait au maréchal. Le lendemain, pourtant, il alla faire une heure de contemplation devant le prince de Joinville; mais, d'abord après, il se remit dans son chemin, et n'a pas cessé depuis d'appuyer, sans réserve, la prorogation des pouvoirs; il plaint l'*Union* qui pense encore au comte de Chambord; sa persistance lui semblerait « touchante, si elle n'était pas comique. » Là, pour qui sait l'y voir, est l'explication des démarches, et des résolutions de l'Assemblée, avec la révélation des mobiles qui ont fait agir les différents groupes qui la composent.

LES ROYALISTES AU PARLEMENT.

C'est une expérience désormais faite, comme le disait M. de Lourdoueix, que l'air du parlement et le terrain des transactions sont peu favorables aux royalistes. La raison en est bien simple. Hommes de principes, nous n'avons rien à céder; hommes d'affections profonde et sensible pour notre roi, nous sommes toujours tentés de céder tout pour hâter le moment de son retour.

Au fond de sa province, où, la plupart du temps, il se tient en dehors de l'administration et des affaires publiques, le royaliste, assez considérable pour devenir député, vit d'ordinaire dans une pleine indépendance. Il vit de la vie de famille, si bonne et si saine; il est en rapport avec le peuple, qu'il connaît de près, qu'il voit travailler, avec lequel, presque toujours, ses intérêts sont unis; c'est surtout le peuple des campagnes qu'il fréquente assidument, celui au sein duquel les idées de simple bon sens ont conservé le plus d'empire. Un publiciste le disait : le gentilhomme, c'est le premier laboureur de sa paroisse. Il vit de la vie religieuse qui tient l'âme élevée au-dessus des passions et des intrigues, dans la sphère des idées, des sentiments et des devoirs. Il vit, enfin, de méditations, de longues lectures, de fortes études facilitées par le silence et la solitude. Tandis que d'autres, dans les villes, courent aux cercles, aux casinos, aux spectacles, aux cafés chantants, ou vivent dans le tumulte des affaires, il reste, lui, pendant les longues soirées d'hiver, au sein de sa famille, au milieu de fidèles amis, écoutant ou faisant la lecture, réfléchissant sur ce qu'il a vu, jugeant les affaires de son pays avec la sagesse sereine que donne le calme de l'esprit et l'absence de toute ambition. Cette vie, simple et noble à la fois, pleine en même temps de travaux et de loisirs, indépendante, quoique parfois médiocre, mais riche surtout de la modération des désirs, préserve beaucoup de royalistes des ambitions et des corruptions auxquelles sont souvent livrés les hommes d'affaires et d'industrie. Elle est évidemment favorable à la solidité de l'esprit, à la fierté du caractère, à l'amour des traditions domestiques et nationales, au culte religieux de l'honneur. L'est-elle également à l'esprit de dissimulation et de défiance, si commun dans les régions officielles ? Il est difficile de le croire.

Arrivé à la chambre, le royaliste qui sort d'une atmosphère d'étude, de recueillement et d'indépendance, se trouve tout à coup dans un monde nouveau pour lui, le monde du pouvoir, de l'ambition et des intrigues, monde qui lui est très-inférieur, mais aussi très-inconnu. Il y est novice, il y fait des faux pas dès le premier jour. Naguère, il ne parlait et n'entendait parler que de croyances et de traditions, il vivait dans l'étude des vérités politiques et dans la pratique des devoirs chrétiens. Tout était principe pour lui : la religion, la famille, l'honneur, le devoir. Dans le monde où il arrive, rien n'est principe au contraire,

3

tout est ménagement et arrangement, concession et transaction. On se glorifie de céder pour gouverner ; c'est la perpétuelle vanterie de ceux qui se disent des esprits pratiques. Il faut former des groupes, entrer dans des combinaisons, des fusions, des coalitions. Les ambitieux dirigent tout, et, comme ils ne croient à rien qu'à leur fortune, ils cèdent tout très-volontiers pour la faire, ou plutôt ils feignent de tout céder. Que céderaient-ils en réalité ? leurs croyances ? ils n'en ont point ; leurs affections ? ils les simulent exprès pour se donner l'avantage de les sacrifier. Tout le monde cède et l'on cède tout.

Que voulez-vous que fassent les royalistes dans ce milieu ? il faudra bien qu'ils cèdent quelque chose, eux aussi ; et, comme ils n'ont que des sentiments réels et des croyances sincères, il est aisé de voir qu'en ces sortes de marchés ils seront toujours les moins habiles et les moins heureux. On les flatte pour les gagner ; eux qui ne veulent rien, on les fait servir au triomphe de toutes les ambitions ; hommes de droiture et de bonne foi, comment ne seraient-ils pas trompés ? Ce qu'ils veulent, leur dit-on, serait certainement le meilleur, et plût à Dieu que ce fût possible ! mais l'heure n'est pas encore arrivée ; elle ne tardera sans doute pas à venir. En attendant il faut faire le bien possible ; plus tard, en récompense de leur concours, on les aidera à faire le mieux. Les voilà déjà compromis, engagés au service des justes milieux, des quasi-légitimités, des présidences, des prorogations, de tous les faits légaux, comme on les appelle, mais sans aucune réserve en faveur des principes, sans aucune déclaration de leur foi. Il n'en faut pas ; cela perdrait tout. Il faut tout souffrir pour tout gagner. Et voilà qu'on souffre tout depuis cinquante ans, mais sans gagner rien. On s'efface, on s'amoindrit, on se tait, on donne la main à tout le monde, on fait les affaires de tout le monde, excepté les siennes, qui sont celles du pays et du roi. On succombe enfin, on meurt faute de mouvement spontané, d'action propre et de liberté ; on meurt sur le sol étranger des ménagements, des concessions et des compromis, tandis qu'on pouvait vivre et grandir, triompher peut-être en restant sur son terrain, sur le terrain des principes monarchiques, en arborant son drapeau, qui est le drapeau du roi. Rappelons-nous les condescendances de la droite parlementaire sous le gouvernement de Juillet, ses déceptions sous la République de 1848, les concessions et les silences de Berryer, les misères de la rue de Poitiers, M. Thiers, enfin, trois fois porté ou soutenu au pouvoir par les royalistes, et les exploitant toujours. Voilà les leçons de l'histoire, quand donc en profiterons-nous ?

Qu'on me pardonne ces souvenirs et ces réflexions. Ils ne sont pas sans application, ni, par conséquent, sans intérêt dans les circonstances présentes.

A QUI LA FAUTE ?

Il est pénible de le dire, mais il est impossible de le méconnaître, c'est le centre droit de l'Assemblée qui s'est opposé au rétablissement de la monarchie. C'est sur lui ou, du moins, sur quelques-uns de ses chefs, que doit retomber la responsabilité de cette faute, de ce malheur. En vain la *Gazette de France* s'efforce de la faire porter au centre gauche. Tout le monde voit maintenant la vérité. La droite et le centre droit donnaient un chiffre de voix assez imposant pour ébranler les plus modérés du centre gauche et assurer la majorité. Déjà la victoire semblait certaine ; les républicains croyaient leur dernier jour arrivé. Comment tout à coup le projet de restauration a-t-il été abandonné ? Evidemment ce ne sont pas les royalistes qui ont proposé d'y renoncer. Ils pouvaient être contrariés par la lettre du roi, mais elle ne les aurait pas rendus infidèles.

Le centre droit est généralement composé de ceux qu'on appelait orléanistes. Après la réconciliation des princes avec le roi, on les a crus rattachés comme eux à sa cause.

Leur parti semblait, en effet, n'avoir plus de raison d'être ;
le triomphe de la royauté ne devenait-il pas le leur ? Evidemment on s'est trompé, on a trop compté sur eux. Ils
ont mis à la fusion des restrictions, des réserves, des exigences qui finalement l'ont fait échouer.

La droite et le centre droit étaient cependant tombés
d'accord pour accomplir la restauration. Le roi, le régime
parlementaire et le drapeau tricolore, voilà quels étaient
les trois termes de la convention. Le roi, c'était la droite
qui le voulait ; le régime parlementaire, c'est le rêve du
centre droit ; les royalistes n'y répugnent point pourvu
qu'il n'aille pas jusqu'à donner au Parlement la souveraineté qui doit rester tout entière au roi ; le drapeau, la
droite s'y résignait comme à un sacrifice inutile et funeste,
mais que l'exigence des centres rendait nécessaire. Elle s'y
résignait, ou plutôt elle réservait la question à la sagesse
du roi. On sait les difficultés qu'elle a soulevées. Si quelques
doutes restaient encore sur les intentions du prince, la
lettre à M. Chesnelong les a dissipés à jamais. Henri V ne
« reniera » pas le drapeau blanc ; mais il ne veut pas non
plus « humilier » le drapeau tricolore. Il proposera du haut
de son trône une solution qu'il espère faire accepter par le
pays. Cette solution, le centre droit l'a prévue ; il l'a refusée
par avance, et, quand la lettre du prince est arrivée, il a
déclaré la monarchie impossible ou plutôt inacceptable. C'est
alors, au milieu de l'effarement général produit par cette
lettre inattendue, qu'il a entraîné la droite chez le maréchal.

Certes, les royalistes de l'Assemblée n'ont pu faire cette
démarche sans douleur ; ils le savaient bien, la question du
drapeau n'avait pas au fond l'importance que les parlementaires lui donnaient ; puisque la monarchie était possible, le
drapeau blanc n'était pas un obstacle insurmontable à son
rétablissement. Mais le centre droit ne la voulait guère, et
cette question servait merveilleusement ses répugnances
mal apaisées. Qui sait même si la résolution du prince
n'était pas prévue, et si l'on ne comptait pas sur elle pour
se dégager de la parole donnée ?

La droite à cédé ; la raison du salut public, habilement présentée, a produit l'effet qu'on espérait. En vain, pour conjurer l'orage, M. de Larcy a parlé de régence, de lieutenance générale du royaume ; en vain, d'autres députés ont voulu mettre à la prorogation des restrictions, des réserves, le centre droit a été inflexible : ou Mac-Mahon, ou l'anarchie ; telle est l'alternative qu'il a posée à la droite hésitante et troublée. Avec cette menace, il l'a conduite jusqu'au bout, jusqu'à cette prorogation de sept ans, si contraire à ses sentiments, à ses principes.

Au reste, le centre droit ne déchirait pas d'abord tous les voiles. Les royalistes pouvaient se faire illusion sur la portée du vote qu'on leur demandait. Dans la nuit du 19 novembre, le duc de Broglie disait encore : « L'Assemblée jugera, lors de la discussion des lois constitutionnelles, si elle veut continuer le provisoire, ou constituer le définitif. » Quel vague ces paroles jetaient habilement sur la question ! quels sous-entendus elles pouvaient recouvrir ! Le moindre était que l'action royaliste resterait aussi libre qu'auparavant, et que le gouvernement n'y serait pas plus hostile. MM. Ernoul et de La Bouillerie restaient ministres pendant toute la durée de la discussion ; on espérait même qu'ils pourraient conserver leurs portefeuilles après le vote. Leur présence semblait un gage donné aux royalistes, une garantie à la liberté de leur action ; tout, enfin, entretenait des illusions qu'un peu de clairvoyance et surtout de mémoire aurait dissipées.

Enfin, la prorogation fut votée. Les royalistes qui l'avaient si précipitamment offerte ne purent s'empêcher de la donner. Alors, le centre droit, arrivé au but, n'a plus dissimulé sa politique et ses tendances ; c'est alors que ceux qui ne voulaient pas comprendre ont compris ; c'est alors aussi que les deux ministres royalistes ont dû remettre leurs portefeuilles. Le centre droit commence à jeter la droite à l'eau, a dit l'*Univers ;* la droite commence à voir la faute qu'elle a faite, ou plutôt le piége où elle est tombée.

Sans doute, quand le centre droit a rompu l'alliance, la

position des royalistes dans l'Assemblée devenait fort difficile : « Ils avaient mordu, comme a dit l'orateur républicain,
à la pomme parlementaire (1), » qui leur fut toujours si fatale ;
ils commençaient à en sentir l'amertume. Cependant tout
n'était pas désespéré ; la droite pouvait encore sortir de
l'impasse où elle s'était mise. Le centre droit lui disait :
nous ne voulons pas du drapeau blanc, nous allons offrir le
pouvoir au maréchal ; il est vrai, nous ne pouvons le lui
donner sans votre concours , mais vous ne pouvez nous le
refuser sans faire les affaires de Gambetta ; c'est à vous de
choisir : Mac-Mahon, ou l'anarchie. Mais la droite, au
lieu d'accepter cette alternative , ne pouvait-elle pas
la prévenir en présentant résolûment ce dilemme au
centre droit : Choisissez vous-même. Nous ne voterons
que pour le roi. Il est vrai, nous ne pouvons le rappeler sans votre concours ; mais vous ne pouvez nous le
refuser sans faire triompher la gauche, ou tout au moins
M. Thiers. Encore une fois, choisissez : ou la royauté si vous
restez avec nous ; ou, si vous vous séparez de nous, M. Thiers
peut-être aujourd'hui, mais, pour sûr, M. Gambetta, demain.
En parlant ainsi, la droite ne faisait aucune évolution ; on
ne pouvait pas l'accuser d'avoir changé son programme et
ses attitudes. Elle restait ce qu'elle est, royaliste ; et elle
embarrassait mortellement le centre droit. Qu'allait-il faire,
en effet ? s'abstenir ? c'était assurer la victoire immédiate des
radicaux ; s'allier avec le centre gauche ? c'était livrer le
pouvoir à M. Thiers. Ah ! que M. de Broglie y répugne !
qui sait s'il n'eût pas préféré Henri V et le drapeau blanc ?
avec le roi du moins on pourrait rester ministre. Mais ministre de M. Thiers !... La retraite immédiate de la droite rendait tout gouvernement conservateur impossible et la dissolution de l'Assemblée inévitable. Le centre droit eût tout
accordé, le roi et le drapeau, pour éviter ces extrémités,
mais la droite a craint une résolution désespérée dont elle
aurait paru responsable. Elle a tout cédé.

(1) M. Berteaud.

Le centre droit a donc triomphé. Henri V ne reviendra pas d'aujourd'hui, et, surtout, la France ne reprendra pas le drapeau blanc, ce vieux drapeau qui rappellerait tant de défaillances, tant de serments trahis, tant de bienfaits méconnus, tant de blasons reniés. Toutefois, cette victoire n'est pas complète. Deux choses essentielles y manquent encore : l'expulsion de la droite, et l'alliance ou plutôt l'absorption du centre gauche, séparé de M. Thiers et des autres chefs. Voilà le programme : Garder la droite jusqu'à ce qu'on ait absorbé le centre gauche, en mettant M. Thiers au rebut. Le premier de ces deux travaux ne peut être révélé que lorsque le succès du second sera certain. On ne doit pas rester sans alliés ; il faut donc, avant d'en finir avec la droite, avoir décapité et conquis le centre gauche : c'est l'affaire de quelques mois. Voilà pourquoi la droite est encore un peu ménagée, voilà pourquoi MM. de Larcy et Depeyre sont dans le nouveau cabinet, et pourquoi M. Baragnon est sous-secrétaire d'Etat. C'est un reste d'illusion qu'on veut nous faire. L'alliance avec le centre gauche n'est pas prête. Quand on croira avoir bien acquis ou plutôt absorbé ce groupe de conservateurs républicains, on achèvera de jeter la droite à l'eau. Alors M. de Larcy donnera sa démission, MM. Depeyre et Baragnon le suivront dans leur retraite ; tout sera dit. Les royalistes de l'Assemblée, effacés, amoindris, seront rejetés dans une opposition désormais impuissante. Il ne restera plus qu'à s'assurer qu'ils ne seront pas nommés députés aux élections prochaines. Que faut-il pour cela ? Des lois anti-monarchiques et des fonctionnaires dévoués au juste milieu ; on les aura en peu de jours. Alors l'heure de la dissolution sera venue ; se croyant sûr de sa victoire, le centre droit se jettera, et il jettera la France, la tête la première, dans le mystère de l'avenir.

Puisque j'ai osé dire ce que je prévois, je veux pousser la témérité jusqu'au bout et exprimer la suite de mes prévisions, qui sont aujourd'hui celles de bien des royalistes attentifs. Quand le centre droit aura repoussé la droite dans l'opposition, il croira s'être débarrassé d'alliés incommodes et il chantera sa victoire. Mais cette victoire sera sa ruine. Il aura perdu la plus grande part de sa force honnête et morale, sa grande puissance de conservation. C'est une loi morale d'une application inévitable, que les partis intermédiaires sont absorbés ou par ceux qui professent des principes plus définis, des idées plus arrêtées, ou par ceux qui ont des passions plus ardentes et plus populaires. Il n'y a pas, à proprement parler, de juste milieu; les hommes politiques qui prétendent le garder penchent toujours de quelque côté et tombent toujours du côté où ils penchent. M. Thiers, qui ne voulait, disait-il, pencher d'aucun côté, répugnait si fort à la droite qu'il a été forcé de pencher à gauche; et c'est à gauche qu'il est tombé. M. de Broglie sera de plus en plus entraîné loin des royalistes par le centre gauche, il sera forcé de donner la main aux hommes de M. Thiers, peut-être à M. Thiers lui-même. Ces intermédiaires formeront ensemble un parti de juste milieu, de bascule, comme on disait autrefois; ils s'embrasseront pour pouvoir garder l'équilibre et rester debout; mais ils n'y parviendront pas. Le gouffre attire, et le gouffre c'est la radicale et la sociale, c'est l'anarchie. Mis sur cette pente, il faut descendre jusqu'au fond, quand on ne veut pas remonter jusqu'au sommet. Le problème est inévitable; rien ne l'empêchera de se dresser avant peu et dans ses termes les plus absolus devant nos habiles doctrinaires : la droite ou la gauche, la légitimité ou la révolution, le drapeau blanc ou le drapeau rouge, Henri V ou l'anarchie.

LA NÉGOCIATION.

Nous n'avons pas dans ce petit livre à rechercher et à exposer toutes les difficultés qui ont fait échouer le projet de restauration. Très probablement la question du drapeau n'est pas la seule; elle n'est peut-être même pas la principale. Entre le roi Henri V, si dévoué à la France, si désireux de la servir, de la sauver, et la majorité parlementaire, qui certainement voulait de bonne foi la restauration, s'est établie la coterie des doctrinaires parlementaires, qui ne voulait le retour du roi qu'à la condition de le faire tourner au profit de ses ambitions et de son système, qui peut-être même ne le voulait pas du tout, et, en paraissant y travailler, ne travaillait en réalité qu'à le rendre impopulaire et impossible. C'est elle qui a conçu l'idée d'un programme que le roi devait accepter avant que la commission des Neuf, et plus tard l'Assemblée, se déclarassent pour lui. En principe, on n'imposait pas de conditions à la royauté, la Charte ne devait être ni décrétée par l'Assemblée, ni octroyée par le roi, mais délibérée, après la restauration, par le concours des deux pouvoirs. En fait, c'était une Charte toute faite qu'on envoyait au roi, et si bien que, sur l'idée qu'il la refusait, on l'a aussitôt abandonné. En principe, on reconnaissait le droit royal et Henri V pour souverain. En fait, il fallait, s'il voulait régner, qu'il acceptât préalablement le programme politique et le drapeau qu'on lui imposait. C'était, à peu de chose près, la prétention du sénat en 1814, avec son plan de constitution que Louis XVIII devait souscrire avant de faire son entrée dans Paris. Qui ne conçoit l'inconvenance et les contradictions de ce procédé ? Une telle négociation était condamnée d'avance. Nous admirions qu'elle ne fût pas plus tôt rompue ; si même elle a paru sur le point de réussir, il en faut faire honneur aux deux hommes qu'elle mettait en présence et dont la loyauté, le dévouement, l'abnégation, la délicatesse atténuaient au moins les difficultés qui ne pouvaient être entièrement écartées. Ces deux hommes, le lecteur les a nommés, c'est le roi et M. Chesnelong. Le roi, qui s'efforçait de tirer d'une situation si défectueuse le meilleur parti possible dans l'intérêt de la royauté et de la France ; M. Chesnelong, qui, par la parfaite convenance de son langage, à la fois loyal, conciliant et respectueux, écartait autant que possible les difficultés inhérentes à la manière dont cette grande affaire avait été entreprise.

On peut le dire sans crainte d'être démenti, malgré les inconvénients d'une question si mal posée, le roi et M. Chesnelong se sont bien compris, ils sont tombés d'accord sur les vraies conditions d'une restauration monarchique. Transmise par M. Chesnelong, la pensée du roi a dû être bien comprise par la commission des Neuf. Mais les procès-verbaux de cette commission l'ont-ils bien rendue ? C'est là qu'un doute est permis. Dèjà, sur les réclamations de M. Chesnelong, l'*Union* avait demandé des rectifications, dans lesquelles la pensée du roi était peut-être encore un peu voilée et le désaccord adouci, dans un intérêt de conciliation facile à comprendre, mais pourtant où la vérité commençait à se faire jour. Il est évident que le programme des Neuf était beaucoup moins libéral que la pensée royale. Les doctrinaires qui tenaient la plume l'avaient conçu selon leurs systèmes étroits, exclusifs ; il disait trop et trop peu pour le fils de saint Louis. Il eût restauré la royauté de 1830, avec le parlementarisme, ses abus et ses priviléges. Henri V veut nous rapporter la royauté de saint Louis, la grande royauté traditionnelle et chrétienne, royauté puissante, paternelle et libérale, à l'ombre de laquelle tous les intérêts, tous les sentiments et tous les droits du pays sont en sûreté.

Il ferait beau comparer les programmes de la commission avec les manifestes du roi. On verrait de quel côté se trouve le véritable génie de la France.

Le programme demande la liberté et l'égale protection pour tous les cultes.

Henri V n'a cessé de reconnaitre que cette liberté, cette protection est un droit du pays et un besoin de notre époque, mais il affirme en même temps sa foi catholique de la manière la plus touchante. On le sent, toutes les religions seront protégées sous son règne, mais la religion de Clovis et de saint Louis sera celle du gouvernement, comme elle est celle de la France et du roi.

Le programme ne dit mot de la décentralisation.

Henri V ne cesse de dire qu'il fera tous ses efforts pour

l'établir, sans affaiblir la puissance du gouvernement. La révolution veut centraliser les pouvoirs, mettre en sa main la vie et la respiration de la France. Le roi légitime doit présider au mouvement national qui s'accomplit sous son regard et sous son sceptre avec une pleine liberté. La révolution impose sa vie et sa loi aux nations qu'elle a conquises ; la royauté, au contraire, vit de la loi et de la vie de ses sujets.

Le programme parle bien des Assemblées nationales et de la puissance parlementaire, mais il omet le suffrage universel. Qui sait si les doctrinaires de 1830 ne songent pas à le supprimer au profit des électeurs à 200 francs ? Henri V proclame « le suffrage universel honnêtement pratiqué. » C'est la réforme d'une institution mal comprise et mal appliquée, ce n'est pas sa destruction. Henri V la la revendique, au contraire, comme un droit de tous. Le programme n'en parle pas ; dira-t-on que c'est un détail sans importance ?

Le programme omet aussi la liberté d'enseignement. Les rédacteurs l'avaient-ils dans la pensée ? Je veux le croire, quoiqu'on fût en droit de se défier sur ce point des universitaires. Henri V, dans plusieurs occasions, l'a formellement revendiquée.

C'est assez, je ne veux pas pousser plus loin l'étude de ces différences, qui sont presque des oppositions. Evidemment le programme des Neuf est moins libéral, moins dévoué aux droits et aux intérêts du peuple que les manifestes au roi. Evidemment si le roi acceptait le programme, c'était avec la résolution de s'entendre avec la nation pour l'améliorer, pour l'élargir. Ces différences, ces oppositions ont-elles contribué à inspirer la protestation du roi ? Je l'ignore. Mais il est difficile de ne pas le penser.

LE DRAPEAU.

Sans doute, la couleur du drapeau n'est en elle-même qu'une question secondaire. Il est incontestable qu'elle a changé quelquefois depuis le commencement de la monarchie; elle pourrait donc changer encore sans qu'aucun principe essentiel fût compromis. Mais il est incontestable aussi que les circonstances présentes lui donnent une importance qu'elle n'aurait pas dans un autre temps. Le roi l'a parfaitement compris et les royalistes le comprenaient comme lui. Un changement concerté avec la nation, quand la restauration sera accomplie, aurait peut-être moins d'inconvénient. Il est probable aussi qu'il ne serait même pas jugé nécessaire et que personne n'en ferait la proposition. Imposé avant l'heure et comme une condition du retour, l'abandon du drapeau blanc avait une signification dont tous les esprits attentifs étaient inquiets.

Si le roi revient avec son drapeau, c'est la monarchie qui revient avec son principe et ses institutions traditionnelles. Les améliorations, les appropriations à l'esprit nouveau de la France ne sont pas exclues ; la royauté, qui marcha toujours à la tête du pays dans le chemin du véritable progrès, saura bien l'y conduire encore ; mais ce qui frappe d'abord tous les esprits, c'est que la France reconnaît son roi et revient à lui.

Si, au contraire, le roi n'est appelé au trône qu'après avoir abandonné son drapeau, c'est une autorité supérieure qui le fait roi et qui lui impose les conditions de sa royauté. Il est roi par la grâce d'une majorité parlementaire. C'est la révolution qui continue ; elle s'amende, elle transige, mais elle survit et règne toujours.

Si le roi revient avec son drapeau, il revient avec la plénitude de son droit, sans aucun préjudice des droits du pays. Il consacre à jamais les uns et les autres. On pourra faire des lois nouvelles pour la consécration et le développement des libertés du pays ; on ne pourra entamer l'intégrité du pouvoir royal qui sauvegarde les traditions et les franchises nationales.

S'il le cède, que pourra-t-il refuser plus tard aux majorités parlementaires ? Quels principes, quels droits seront en sûreté contre leurs exigences encouragées par un tel succès ? Louis XVI céda son drapeau, et ne put sauver sa couronne. Il sacrifia le vieil écusson fleurdelisé, il changea son titre traditionnel de *roi de France* pour prendre celui de *roi des Français,* que la Révolution lui imposait, sans pour cela trouver grâce devant elle. Après avoir pris la cocarde tricolore, il fallut coiffer le bonnet phrygien. On sait si cette tête royale, ainsi humiliée par la Révolution, devint plus sacrée pour elle. On lui conseilla toutes ces concessions pour le sauver. Il les fit et mourut sur l'échafaud. Certes, ceux qui proposent à Henri V l'abandon de son vieux drapeau, auraient horreur de ces conséquences terribles. Mais croit-on que les orateurs de la Constituante et du Jeu de Paume entrevoyaient l'échafaud derrière ces complaisances de la royauté ? Le roi y périt cependant et ils y périrent eux-mêmes.

Quel mal nous a fait le drapeau blanc ? Quels souvenirs odieux rappelle-t-il ? N'a-t-il pas toujours mené nos soldats dans le chemin de l'honneur ? Ne s'est-il pas illustré par les plus éclatantes victoires ? Il fut toujours le drapeau de la civilisation chrétienne et de la vraie liberté. La Grèce lui doit son affranchissement et l'Amérique son indépendance. C'est lui qui a détruit la piraterie, inauguré la régénération de l'Afrique, et rendu au monde la liberté des mers. Il a conquis et reconquis la France. Ses conquêtes nous sont restées, elles constituent notre unité nationale. Il a refoulé l'invasion anglaise par un siècle entier de combats et de triomphes. Il a promené en vainqueur dans toutes les parties du monde et porté partout la gloire du nom Français. S'il a éprouvé des revers, il y a des« humiliations qu'il n'a pas subies», comme l'a dit Henri V avec une royale fierté. Sans doute le drapeau tricolore s'est couvert de gloire, lui aussi, mais que nous reste-t-il de ses conquêtes ?

« C'est une erreur populaire de croire que le blanc est la couleur de la maison de Bourbon. Depuis le couronnement, comme roi de France, de Henri VI roi d'Angleterre qui s'appropria le drapeau de notre patrie après l'avoir presque entièrement conquise, le drapeau blanc devint le drapeau de la résistance nationale. C'est Jeanne d'Arc qui l'arbora la première. Le bleu, qui figure sur l'écusson de France, était la couleur royale. » (1) Le drapeau blanc n'est donc pas personnel à Henri V, ni la propriété de sa famille. C'est le vieux drapeau du pays. Les Bourbons n'avaient pas de drapeau qui fut à eux, Ils n'avaient rien qui n'appartint à la France. Eux-mêmes ils lui appartenaient. Leur bien, leur gloire, leur vie, leur postérité faisaient partie du domaine de la nation. Comment auraient-ils eu un drapeau autre que le sien ? Henri IV est le premier Bourbon qui soit monté sur le trône de France. Il n'y porta pas ses couleurs, ni son drapeau ; il prit le drapeau blanc que lui avait légué Henri III, son prédécesseur, le dernier souverain de la branche éteinte des Valois. Ainsi, les familles issues de la vieille race de Philippe-Auguste et de saint Louis, se succédaient sur le trône, mais le drapeau blanc restait toujours le drapeau français.

On assure que la nation, et surtout l'armée, ne l'accepteront jamais. On le dit, et on le fait croire à bien des gens qui n'y songeaient pas. Le drapeau blanc est le drapeau de la monarchie. Quand la nation reconnaîtra le roi, elle ne refusera pas son drapeau ; quels seraient contre lui les griefs de l'armée ? L'armée française aime surtout l'honneur ; elle ne refuserait pas le drapeau sans tâche, celui qu'ont illustré les prodiges de Jeanne d'Arc, les victoires si populaires de Bayard et de Henri IV. A force de lui parler de ses répugnances, on espère les faire naître ; on veut créer les impossibilités en les proclamant. Beaucoup de nos généraux

(1) *Du passé et de l'avenir de la France.* Lecoffre 1871.

ont porté la cocarde blanche ; ils la porteraient bien encore, comme l'a dit si bien le duc de Nemours. Les deux drapeaux se sont rencontrés sur le sol héroïque de la Vendée. Croit-on que celui de la révolution y ait appris à mépriser celui du roi ?

Le drapeau tricolore est le drapeau de la révolution. Il fut décrété, en 1789, par cette majorité qui se révolta contre Louis XVI, le roi le plus libéral et le plus doux qui fut jamais ; par cette assemblée qui, sous prétexte de donner une Constitution à la France, préluda aux bouleversements et aux crimes de 1793. Avant de marcher à la tête de nos armées victorieuses, le drapeau tricolore flotta sur les massacres de septembre, sur les attentats du 20 juin et du 10 août.

En même temps que la révolution triomphante proscrivait le vieux drapeau national, la Vendée chrétienne l'arborait. Il s'y maintînt pendant six ans d'héroïques efforts. A mesure qu'il reculait devant les armées de la révolution, la civilisation et l'humanité, l'honneur et la religion perdaient du terrain ; les incendies et les échafauds ravageaient la France. — C'est Bonaparte qui acheva sa défaite.

Il reparut en 1814 avec les princes de la maison de Bourbon. La révolution et l'empire nous avaient ruinés. La France était vaincue et conquise ; nos vieux rois revenaient pour la sauver. Les princes n'eurent qu'à se montrer ; partout, sur leur passage, les populations livrées à elles-mêmes arboraient l'ancien drapeau. Dès le 12 mars, près d'un mois avant la prise de Paris par les alliés, Bordeaux, qui n'était qu'à quelques lieues des armées de Bonaparte, se déclara pour le roi et fut en un instant pavoisé de drapeaux blancs. En même temps, le comte d'Artois, frère de Louis XVIII, arrivait par la frontière de l'Est, et trouvait partout sur son chemin le drapeau des lis. Nulle part on ne témoignait la moindre répugnance, ni pour lui ni pour son drapeau.

Tout cela n'était pas l'affaire des doctrinaires de la ré-

volution. Comme aujourd'hui, ils le comprenaient ; la restauration des Bourbons est l'unique salut du pays et
l'aspiration générale des gens de bien. Révolutionnaires
par affection, mais conservateurs par intérêt, ils ne son-
gaient pas à s'y opposer ; ils se préparaient, au contraire,
à faire tourner cet heureux événement au profit de leurs
ambitions. Il fallait bien que le roi revînt pour sauver la
France de l'anarchie qui détruit tout ; mais il fallait surtout
qu'il fut rappelé par eux, qu'ils lui eussent mis la couronne
sur la tête ; il fallait qu'il lui eûssent imposé leurs institutions et leurs doctrines ; il fallait enfin, comme aujour-
d'hui, que le roi de France fut le roi légitime de la
révolution. Et pour que personne ne pût s'y tromper, pour
qu'il ne s'y trompât point lui-même, il fallait lui faire abandonner le drapeau de la monarchie, et recevoir le drapeau
révolutionnaire, image sensible de cette souveraineté parlementaire qui daignait l'appeler au trône, mémorial perpé-
tuel de la victoire remportée par la Révolution sur la
royauté, à l'heure même où elle lui permettait de revenir
et de régner.

Certes, on avait alors la partie belle contre le drapeau
blanc. L'armée impériale venait de se couvrir de gloire ;
en ses revers, elle avait forcé l'admiration du monde. Il
avait fallu le concert de toute l'Europe pour la vaincre, toutes ses défaites étaient des prodiges de valeur, tous ces
chefs étaient des héros. L'Empereur vivait toujours ; il était
en France, il tenait encore en ses mains puissantes son drapeau tricolore, plus cher aux soldats et plus glorieux que jamais. D'un autre côté, le souvenir des abus de l'ancien régime était tout récent, les princes qui revenaient avaient
vécu sous ce régime et combattu dans l'émigration. Quel
moment pour irriter la France et surtout l'armée ! pour
parler de ses répugnances contre le drapeau blanc et de la
nécessité d'y renoncer !

Les chefs de la révolution se mirent aussitôt à l'œuvre,
bien résolus, avant que les princes rentrassent dans Paris,
de les faire transiger le plus possible sur les principes et

les idées de la monarchie. On fit des programmes, on posa des conditions, on envoya des députations vers le comte d'Artois, qui s'avançait sur Paris à marches forcées. Le chef de cette intrigue était le vieux prince de Talleyrand, le Thiers de l'époque ; mais Thiers avant la constitution Rivet, Thiers conservateur et modérateur, Thiers inévitable et indispensable, homme de confiance des gens de bien et même des plus fidèles royalistes.

Or, comme le comte d'Artois était déjà à Vitry-le-Français, un courrier lui apporta un immense pli de la part du gouvernement provisoire, sorte de commission chargée de régler les conditions de la nouvelle royauté. C'était un programme constitutionnel tout préparé, le prince n'avait qu'à le signer et à venir. « L'affaire de la cocarde, y disait-on, était une affaire à méditer. Tout le monde — ces messieurs parlent toujours au nom de tout le monde, — tout le monde se réunit à désirer que Msr le comte d'Artois l'adopte ; l'armée paraît y tenir beaucoup. C'est un point sur lequel il serait bon de passer. Les premiers pas sont les plus importants, la cocarde tricolore est la cocarde de la nation ; depuis vingt-cinq ans elle la porte, et le soldat, par souvenir de ses actions, n'y renoncerait qu'à regret. »

Ne dirait-on pas que c'est copié ?

Le prince hésita un moment ; qui n'hésiterait devant des affirmations si positives ? Mais bientôt il reprit confiance dans la générosité du peuple français. Il fit une étape de plus, et, de Châlons où il passa la nuit, il dicta la réponse suivante :

« Le comte d'Artois fera son entrée en habit de garde national, mais il ne quittera pas la cocarde blanche. Elle est acceptée par des populations tout entières, dans les provinces ; les plus grandes villes l'ont arborée, c'est l'ancienne cocarde de la France. »

Trois jours après, le prince fit son entrée dans la capitale ; rien n'était prêt pour le recevoir : les gros bonnets du sénat délibéraient encore sur le programme et sur le drapeau. La fête n'en fût pas moins magnifique. Quand le peu-

ple sut que le prince était là, à cheval, aux portes de Paris,
ce fût un enthousiasme inexprimable. En un instant, toute
la ville fut pavoisée de drapeaux blancs, et ce fut à travers
des rues jonchées de lis que le prince arriva à la cathédrale
et au palais des Tuileries. Les sénateurs et les maréchaux
vinrent alors au-devant de lui, emportés par l'allégresse
universelle; les maréchaux portaient encore la cocarde
tricolore. Le prince ne s'en offensa pas, il comprit l'hésitation ou même la susceptibilité de ces vieux guerriers,
nobles vaincus qui ne déposaient pas sans douleur ce souvenir de leur gloire; il les reçût avec une ravissante affabi-
lité : « Messieurs, leur dit-il en souriant, depuis Vesoul
jusqu'à Paris, j'ai passé entre deux haies de cocardes
blanches. » Le même soir, les maréchaux portaient la
cacarde blanche comme tout le monde.

Neuf mois après, Napoléon s'échappait de l'île d'Elbe et
nous rapportait les trois couleurs; aussitôt la Vendée courut
aux armes sous le drapeau blanc; l'Europe entière marcha
contre nous, la France fût vaincue, et, dans peu de jours,
neuf cent mille étrangers envahirent notre territoire. Le
retour de Bonaparte nous coûta trois cent mille hommes et
plusieurs milliards, avec toute une ceinture de places fortes;
puis le roi revint avec son drapeau et nous rapporta la
prospérité et la paix.

En 1823, Louis XVIII dût envoyer une armée en Espagne
pour combattre la révolution; c'était la première entreprise
militaire de la monarchie restaurée. L'armée avait porté le
drapeau blanc dans toutes ses garnisons, mais elle n'avait
pas été au feu avec lui. Comme toujours, les prophètes de
malheurs ne manquèrent pas; on déclarait les répugnances
de l'armée pour les faire naître. L'armée de Bonaparte ne
combattra pas sous le drapeau blanc, disaient les habiles
de la Chambre et du journalisme. Or, à cette heure, Cha-
teaubriand était ministre du roi. Il espérait mieux de la
France et de ses soldats : « Messieurs, dit-il, en s'adressant
aux généraux de l'expédition, presque tous compagnons
d'armes de l'Empereur, le roi vous remet son vieux dra-

peau, vous lui ferez reprendre le chemin de la gloire, il n'a jamais oublié celui de l'honneur. » L'armée partit au cri de *vive le Roi* ! sous la conduite d'un maréchal de l'Empire.

Mais la révolution ne s'en tint pas là.

Arrivés sur les Pyrénées, nos soldats rencontrèrent un régiment de volontaires français, engagés au service de la révolution espagnole. Ils venaient au devant d'eux sous la conduite du colonel Fabvier, arborant le drapeau tricolore et s'efforçant de les détourner de leur devoir : « Amis, criaient-ils, vous ne combattrez pas contre le drapeau d'Austerlitz! » Le général Valin, un vieux serviteur de Bonaparte, franchement rallié au roi, leur envoya une volée de coups de canon ; le drapeau tricolore fut abattu, les volontaires se dispersèrent aussitôt, et l'armée marcha en avant au cri de : *Vive le roi* ! Deux mois après, l'Espagne était soumise et la révolution vaincue.

Tout le monde se rappelle le dernier jour du drapeau blanc.

Il venait de conquérir Alger, après une rapide et glorieuse campagne; mais les jours de la monarchie étaient comptés. « Acculée aux dernières limites de la charte », comme l'avait dit M. Thiers, elle allait périr. Le roi voulut contenir l'extrême licence de la presse qui le dévorait. Une insurrection éclata, les troupes royales furent vaincues et obligées de quitter Paris. Charles X obéit à des conseils perfides, et s'éloigna du théâtre de l'insurrection. En attendant on excitait l'esprit révolutionnaire, et, l'imprévoyance des ministres du roi venant en aide à ses ennemis, en peu de jours la cause de la monarchie fut perdue ; Charles X, pour éviter la guerre civile, dut prendre le chemin de l'exil. Il mit seize jours à quitter la France. En vain les commissaires de l'usurpation le pressaient de hâter sa marche, il ne pouvait s'arracher à la patrie. Sa famille entière l'entourait, sa garde fidèle l'escorta jusqu'à son vaisseau. Elle portait le drapeau blanc. Les commissaires eux-mêmes n'osaient pas prendre la cocarde de la révolution par respect pour ce roi vaincu et proscrit. Cependant le drapeau tricolore flottait déjà d'un bout de la France à l'autre ; l'armée, les vaisseaux, les citadelles le portaient. C'était un spectacle touchant que ces quelques régiments fidèles conservant seuls le drapeau blanc pour faire honneur à leur prince. Les peuples regardaient passer sans colère ce vieux roi qui s'exilait. Presque partout on lui témoignait une pitié mêlée de respect ; plusieurs fois les populations versèrent des larmes à son aspect et lui témoignèrent un affectueux intérêt; quelques personnes osaient l'approcher et lui présentaient des fleurs. Il assistait à la messe dans les églises du chemin au milieu d'une foule sympathique et attristée.

Arrivé à Valogne, qui n'est plus qu'à quelques heures de la mer, le roi dut se séparer de son armée. Il publia l'ordre du jour suivant, pour lui témoigner sa reconnaissance. Le lecteur me pardonnera de le rappeler ; c'est le dernier de la monarchie :

« Le roi, en quittant le sol français, voudrait pouvoir donner à chacun de ses gardes du corps et à chacun de MM. les officiers et soldats qui l'ont accompagné jusqu'à son vaisseau, une preuve de son attachement et de son souvenir.

» Mais, les circonstances qui affligent le roi ne lui laissent pas la possibilité d'écouter le vœu de son cœur. Privée des moyens de reconnaître une fidélité si touchante, Sa Majesté s'est fait remettre les contrôles des compagnies de ses gardes du corps, de même que l'état de MM. les officiers généraux, supérieurs et autres, ainsi que des sous-officiers et soldats qui l'ont suivi ; leurs noms, conservés par M. le duc de Bordeaux, demeureront inscrits dans les archives de la famille royale pour attester à jamais, et les malheurs du roi, et les consolations qu'il a trouvées dans un dévouement si désintéressé.

» Valogne, le 15 août 1830.   CHARLES. »

Tous les officiers, tous les soldats furent admis à saluer la famille royale ; ce fut une scène des plus douloureuses.

Le vieux roi ne pouvait retenir ses pleurs. Les soldats pleuraient aussi en lui faisant leurs adieux ; ils lui baisaient les mains à genoux et les couvraient de leurs larmes. Ne pouvant dominer leur émotion, les commissaires du gouvernement se détournaient pour la cacher. Le maréchal Maison, le plus coupable de tous, était vivement agité, et déclarait tout haut sa vénération pour le vieux roi. « Jamais, dit-il, je n'ai connu un plus noble cœur. »

Quand le dernier moment fut venu, les colonels apportèrent au roi les drapeaux de. leurs régiments. Charles X les prit dans ses bras, et il les baisa : l'émotion et la douleur le suffoquaient. « Messieurs, dit-il, je reçois de vos mains ces nobles drapeaux. Vous les avez toujours portés dans le chemin de l'honneur. Ils sont sans tache, mon petit-fils vous les rendra ! »

Quelques instants après, une foule immense et respectueuse, assemblée sur la rade de Cherbourg, vit le vieux roi monter, avec son drapeau blanc, sur le vaisseau qui l'emportait dans l'exil.

Il fallait rappeler ces faits pour faire comprendre au lecteur les derniers mots du manifeste de Chambord :

« Je l'ai reçu comme un dépôt sacré, du vieux roi mon aïeul, mourant en exil. Il a toujours été, pour moi, inséparable du souvenir de la patrie absente. Il a flotté sur mon berceau, je veux qu'il ombrage ma tombe. Dans les plis glorieux de ce noble étendard, je vous apporterai l'ordre et la liberté.

» Français ! Henri V ne peut abandonner le drapeau blanc d'Henri IV. »

LA LETTRE.

Après avoir examiné les effets immédiats de la lettre du roi à M. Chesnelong et le désarroi si peu justifié dans lequel elle a jeté le parti royaliste, la majorité de l'Assemblée et la France monarchique tout entière, je veux, prêt à finir cette petite brochure, me recueillir un instant en face de cette lettre, la considérer en elle-même et dans les conséquences qu'on en devait légitimement tirer.

Je l'avoue d'abord, car il faut être vrai en toute chose, cette lettre a révélé au monde politique un malentendu qu'il ignorait, et, dans une affaire qui semblait simple et lumineuse, un mystère douloureux. Je dis qu'elle a révélé le mystère ; elle ne l'a pas éclairci.

Il y avait un désaccord que nous n'avions pas soupçonné, une difficulté que nous n'imaginions pas. Ce désaccord entre qui existait-il ? Ce n'est pas entre la commission des Neuf et son interprète, M. Chesnelong. Lui-même, il a dit bien haut à la tribune nationale : « J'ai fidèlement rapporté au prince les vœux exprimés par mes collègues au nom du pays. » L'applaudissement unanime dont ces paroles ont été couvertes, prouve surabondamment qu'elles étaient vraies. Le désaccord n'est pas non plus entre le prince et M. Chesnelong. Henri V a publiquement rendu hommage à la loyauté de son interlocuteur ; quant à la sincérité du roi, qui oserait la mettre en doute ? elle est le trait principal de ce noble caractère, elle constitue sa grandeur morale, a dit M. Chesnelong.

Où donc est le malentendu ? Entre qui le désaccord ?

Evidemment c'est entre la parole du prince et les interprétations qu'une partie du public s'obstinait à lui donner, « entraînée, comme Henri V l'a dit lui-même, par un courant d'opinion déplorable. » Que ce public qui comprenait mal fut moins considérable et moins nombreux qu'on ne l'a cru, c'est possible ; que, à la distance de l'exil, on put exagérer son importance, libre à chacun de le penser. Le roi cependant a les yeux fixés sur la France, et il ne parle jamais en vain. Mais, il existait, le malentendu dont il s'est plaint ; cette fausse interprétation de sa parole et de ses sentiments, elle existait ; nous l'avons trouvée sur notre chemin, nous l'avons vue dans la presse, et tout le monde a pu l'y voir comme nous. Oui, les ennemis commençaient à dire que ce prince abandonnait quelque chose de son caractère, qu'il faisait, lui aussi, des concessions, des transactions ; que l'impatience de régner le gagnait, qu'il courbait la tête enfin pour se faire couronner. Forcée de le reconnaître pour roi, la révolution se vantait de l'avoir du moins fait composer. C'eût été sa plus belle victoire, elle espérait la remporter et elle la célébrait par avance. Le roi, disait-elle, gagnait la couronne, mais il perdait quelque peu de son prestige, de cette intégrité qui lui fait tant d'honneur. En devenant roi, il était moins roi.

Voilà ce que disait la Révolution. Certes, c'était une erreur, et l'opinion publique, dans le sens élevé du mot, savait et disait le contraire. Henri V devenait non le roi, mais le vainqueur de la Révolution ; il la soumettait, il la détruisait. Mais, enfin, la Révolution, abusant des paroles rapportées par le délégué des Neuf, s'efforçait de donner le change. Qui ne comprendrait que ce noble cœur en ait été péniblement affecté ? Il a cru devoir faire une éclatante protestation. Qui peut l'en blâmer ? La loyauté a ses délicatesses et ses scrupules comme la vertu. Un cœur honnête les comprend toujours et les admire, même quand il les croit exagérés.

Le roi voulait « saluer » les trois couleurs, mais il rapportait son vieux drapeau comme un témoin de nos gloires séculaires, et il espérait le faire accepter par la nation. En aucun cas, il n'eut consenti à le « renier, à l'abandonner, » comme il dit lui-même. C'était une question d'honneur, et cette question était l'affaire de la France. Le roi voulait la soumettre lui-même à son jugement. Il avait raison, la France qui se passionne surtout pour l'honneur, aurait accepté, aurait trouvé même, au besoin, « une solution » digne d'elle et digne de lui.

Je l'avoue, cette lettre, qui me cause de l'étonnement comme à bien d'autres, m'inspire en même temps une immense admiration. Les parlementaires se sont émus, le centre droit s'est récrié, la droite, un moment troublée par les cris des journalistes, s'est crue affaiblie; mais je n'hésite pas à le dire, la France monarchique, loin de partager cette émotion, s'est sentie fière de cet accent de roi, si noble et si vrai. Elle a regretté le découragement de ses mandataires. Elle continue de vouloir et d'espérer la restauration de la royauté traditionnelle et constitutionnelle qui semblait si près de s'accomplir.

L'ABDICATION.

On a dit que cette lettre était une abdication. C'est le cri que pousse la révolution toutes les fois qu'Henri V proclame l'intégrité de son principe et de son droit. C'est une abdication ! criait-on en 1850, après des paroles énergiques. C'est une abdication ! a-t-on dit encore, en 1870, après la belle proclamation de Chambord. Qui ne s'attendait que tous les échos révolutionnaires retentissent encore de la même parole, après la lettre si ferme et si noble du 28 octobre 1873. Au reste, à les entendre, le souverain légitime ne peut qu'abdiquer. S'il paraît accorder quelque chose à l'esprit actuel du pays, c'est une abdication ; il transige pour régner ; il abandonne son principe, sa tradition, son drapeau, il n'est plus roi. Si, au contraire, il résiste, c'est fini, il s'est rendu impossible ; il a abdiqué, l'on va même jusqu'à dire qu'il ne veut pas de la couronne et qu'il choisit ce moyen pour y renoncer avec honneur. Ainsi les uns croient aisément ce qu'ils désirent et les autres disent bien haut ce qu'ils voudraient faire croire.

Non, le roi n'abdique pas ; il n'abdique rien, ni l'intégrité de son droit souverain, ni les libertés populaires. Il maintient tout, au contraire ; il conserve, il représente, il rapporte tout. « L'autorité, la tradition, la liberté et l'égalité de tous devant la loi, le concours du pays dans la puissance législative, le suffrage universel honnêtement pratiqué, en un mot, tout le droit public des Français, et la monarchie représentative dans sa puissante vitalité. » (1) Voilà ce que le roi représente, voilà ce qu'il est. Que peut donner de plus le maréchal de Mac-Mahon. Que donnerait de plus la République ? Ah ! nous le savons, ce qu'elle donnerait de plus, ce qu'elle a toujours donné ; la France aussi le sait et elle ne le veut pas.

Non, le roi n'abdiquera jamais ; que ceux qui l'espèrent, désespèrent. « On peut abdiquer un droit, a-t-il dit, on n'abdique pas un devoir. » Il est douteux que l'abdication du roi fût légitime et valide. C'était même un principe de l'ancienne monarchie que le droit héréditaire ne s'abdique pas. Quel roi, plus que Louis XVI, fut jamais dans des circonstances propres à justifier une abdication ? Il n'y songea même pas, et personne n'eût osé y songer pour lui. Charles X est le seul de nos souverains qui ait abdiqué. On le pressa de faire ce sacrifice dans l'intérêt de son petit-fils. Il le fit, et la révolution poussa, dans le même exil, l'aïeul et l'enfant. Bonaparte, Louis-Philippe essayèrent du même moyen pour sauver leur royauté ; il ne leur réussit pas mieux.

Henri V n'abdiquera jamais, il l'a dit en toute occasion. C'est une injure qu'on lui fait quand on le juge capable de cette faiblesse. Abdiquerait-il pour un plus digne ? Quel est celui qui voudrait prendre sa place, et, lui vivant, se faire appeler le ROI ? Les princes d'Orléans se sont expliqués ; il ne faut pas compter sur eux pour cette substitution usurpatrice. L'abdication nous livrerait donc à l'anarchie. — Henri V a dit : « Je suis le pilote. Un pilote abandonne-t-il le gouvernail pendant la tempête ? » Il a dit encore : « Je suis le pilote nécessaire : le seul capable de conduire au port, parce que j'ai mission et autorité pour cela. » Voilà comment il abdique !

---

(1) Voir les différents manifestes.

AUX ROYALISTES.

Royalistes, Henri V fera toujours son devoir. C'est à nous de faire le nôtre.

Le devoir des royalistes est de combattre sans relâche contre les ennemis de l'ordre social, et pour le rétablissement de la monarchie. Ces deux combats, au fond, n'en sont qu'un, car le triomphe des principes conservateurs est inséparable, en France, du triomphe de la royauté. Cependant, cette lutte a deux aspects différents, et elle impose aux royalistes deux ordres de devoirs assez divers, quoiqu'ils ne soient jamais opposés. A la défense de l'ordre social, nous pouvons avoir des alliés, nous devons tendre la main à tous ceux qui poursuivent le même but. Tous les partis, tous les hommes qui veulent, comme nous, la religion, la famille, la propriété, la liberté, l'ordre public, sont des alliés pour nous. A l'heure où ces intérêts essentiels sont attaqués avec tant d'audace et menacés d'un prochain naufrage, nous n'avons pas le droit de nous isoler pour les défendre. Sans doute, la tradition monarchique est le seul principe qui puisse assurer au bien une victoire définitive et complète. Sans doute, tout ce qu'on fait en dehors de ce principe est « hors du droit, » et ne peut être qu'un « expédient provisoire, » un retard de la crise inévitable. Mais le temps est à Dieu, et le devoir des gens de bien est de le gagner. Il faut donc nous unir à eux, quelles que soient, d'ailleurs, leurs opinions et leurs préférences, contre les hommes et les partis qui aspirent à tout renverser. Il faut voler à la défense de l'ordre public, et concerter nos efforts avec tous ceux qu'anime la même pensée et qu'enflamme le même zèle.

Le gouvernement du maréchal Mac-Mahon est notre premier allié, ou plutôt c'est nous qui, dans la mesure de nos forces, devons le seconder dans la tâche qu'il a entreprise.

Il n'y a nul doute que le chef du pouvoir ne soit animé des intentions les plus honnêtes, et qu'il n'aspire, comme nous, à consolider l'ordre et à réparer les maux de la France. Sans doute quelques ambitions s'agitent autour et au-dessous de lui, mais quel gouvernement est à l'abri de ces misères ? On lui a fait faire déjà plus d'une faute, on lui en fera certainement faire d'autres. Il n'en est pas moins le chef d'un gouvernement conservateur, et nous ne pouvons pas lui refuser notre concours.

Pour que ce concours soit honnête et profitable, il est indispensable qu'il soit indépendant et loyal. Indépendant d'abord ; le meilleur service qu'on puisse rendre aux gouvernements, c'est de les éclairer quand ils se trompent, et même de leur faire opposition quand ils s'obstinent dans leurs erreurs. Les combattre ainsi, c'est les empêcher de se perdre. Lisez l'histoire de ce siècle et vous verrez que tous les pouvoirs sont tombés bien plus par la faiblesse de leurs amis, que par les efforts de leurs ennemis. C'est parce qu'on leur a caché la vérité qu'ils ont péri. La vérité, nous l'avons. Nos croyances catholiques, nos principes, nos traditions monarchiques, sont des lumières certaines avec lesquelles on peut tout juger et tout prévoir. Tout ce qui se fait contre ces principes est faux et funeste, même quand il paraît momentanément avantageux. Tout ce qui se fait d'après eux est utile et bon, même quand on y trouve au premier instant des inconvénients et des dangers. Marchons nous-même à la clarté de ces flambeaux, et servons-nous en pour approuver ou pour blamer, pour soutenir ou pour combattre la marche du gouvernement.

Pour que notre concours soit utile, il ne suffit pas qu'il soit indépendant, il faut encore qu'il soit complètement loyal, c'est-à-dire que nous fassions explicitement toutes nos réserves.

Nous avons un roi. Nos cœurs et nos vœux sont à lui ; aucun pouvoir, si honnête, si bien intentionné qu'il soit, ne nous fera jamais abandonner la fidélité qui lui est due. Jamais nous ne considérerons comme établi dans le droit

un autre gouvernement que le sien ; jamais nous n'attendrons le salut de la France que de lui seul. C'est la faute et
le malheur de l'Assemblée d'avoir constitué un autre pouvoir avec une durée certaine. Le maréchal de Mac-Mahon
est un honnête homme, un brillant général ; c'est, j'en suis
convaincu, l'homme que la Providence avait suscité pour
préparer les voies au rétablissement du pouvoir légitime et définitif; mais les royalistes ont méconnu leur principe en donnant à son gouvernement une durée indépendante
des événements et de la volonté de la France. Cette durée,
nous pouvions la subir, la respecter même, nous ne devions
pas la constituer. Avec une réserve quelconque, avec une
place laissée à l'imprévu, à l'inconnu, à des événements qui
tout à coup peuvent rendre facile ce qui a paru un moment
impossible, l'illustre maréchal restait l'homme de tous les
partis conservateurs; tous nos cœurs, tous nos bras étaient
à lui. La prorogation absolue ne nous empêche pas de respecter et d'aider son gouvernement ; mais elle le met en
opposition avec des vœux et des espérances que nous ne
pouvons pas dissimuler.

Oui, nous espérons le retour du roi, et nous l'espérons
avant sept années ; nous l'espérons, non par des moyens
séditieux et perturbateurs, les royalistes ne les ont jamais
employés ; nous ne l'espérons pas non plus des dénigre-
ments, des calomnies, des oppositions de parti pris, des
abstentions égoïstes et insidieuses. Le maréchal le sait bien,
ces moyens nous font horreur.

Nous espérons en Dieu, qui veut certainement le salut de
la France. Son action souveraine gouverne tout ; afin de la
seconder, nous voterons pour les candidats les plus monarchiques ; nous parlerons, nous écrirons, nous agirons, chacun dans la mesure de ses forces, pour éclairer le pays,
pour dissiper les préjugés, pour réfuter les calomnies, pour
relever les défaillances, pour défendre et pour soutenir nos
convictions, pour exalter les vertus et le noble caractère
du roi. Nous espérons dans le génie profondément conservateur et monarchique de la France ; nous espérons enfin,

j'oserai le dire, dans la haute raison, le désintéressement, la loyauté, l'abnégation du maréchal.

Non, le roi n'est pas impossible, puisqu'on ne lui reproche que des vertus. J'ose assurer même qu'il est nécessaire, et ce qui est nécessaire ne meurt pas, comme l'a dit M. Chesnelong. Très-peu de gens de bien répugnent à son avènement ; presque tous les conservateurs religieux le désirent. On l'a pu voir pendant les vacances du parlement, tous les cœurs se tournaient vers lui. Combien d'hommes, étrangers au parti royaliste, l'appelaient cependant de tous leurs vœux comme la fin de nos maux et le sauveur de la patrie ! C'est le centre droit qui l'a déclaré impossible, et qui, par le fait, l'y a momentanément rendu. Il l'était si peu que les résolutions de la chambre ont étonné le pays conservateur, qui croyait la restauration faite, et qui l'acceptait, ici avec affection, là du moins sans opposition et sans colère. Comptez les journaux qui la combattaient, vous en trouverez très-peu parmi ceux qui ne sont pas radicaux. Plus la restauration devenait probable, plus le consentement national s'accentuait. J'ai connu plusieurs républicains qui commençaient à parler plus doux. Un pas de plus, et il ne restait que les anarchistes obstinés, qui, aussi bien, sont opposés à tous les gouvernements conservateurs et que tous seront obligés de combattre. Il faut gouverner avec eux ou contre eux, tous les gens de bien le comprennent. Aussi la restauration est-elle désormais dans la raison du pays comme dans ses véritables intérêts. La futile question du drapeau le prouve bien. Quand on en est là, l'on est bien près de s'entendre. Ces misères, si importantes aux yeux des parlementaires et des journalistes, le sont bien peu pour la France, avide surtout de sécurité et de paix.

On ne cesse de répéter que les abus de l'ancien régime éloignent encore d'Henri V les habitants des campagnes, que le paysan redoute avec la restauration l'autorité des seigneurs, et la domination du prêtre. Les méchants s'efforcent, il est vrai, de propager ces répugnances par leurs calomnies. Mais les bons les répandent trop souvent par leurs terreurs, en exagérant des préventions qui se dissipent de jour en jour. Sans doute la calomnie a fait son chemin, faisons faire le sien à la vérité. Au lieu de nous désoler de ces préjugés qui disparaissent, efforçons-nous de les détruire de plus en plus autour de nous. Réfutons-les avec le mépris qu'ils méritent, opposons l'ironie à la sottise, le bon sens à l'absurdité. Au lieu de crier : au feu ! mettons-nous à l'œuvre pour l'éteindre ; au lieu de nous désespérer devant l'inondation, comme des enfants et des femmes, mettons-nous courageusement à l'œuvre pour arrêter le fléau. Que chacun fasse ce qu'il peut, la Providence fera le reste. Les ennemis du roi redoublent d'efforts pour empêcher sa victoire. Leur arme est le mensonge et la calomnie. Redoublons de zèle à son service, et que notre arme soit la raison et la vérité. Ces armes-là assurent toujours la victoire à ceux qui les portent avec courage et persévérance. Se dévouer pour Henri V, c'est se dévouer à la France, à la religion, à la véritable liberté.

Respect au gouvernement établi !

VIVE LE ROI !

DOCUMENTS.

MANIFESTE DU ROI (1871).

FRANÇAIS !

Je suis au milieu de vous.

Vous m'avez ouvert les portes de la France et je n'ai pu me refuser le bonheur de revoir ma patrie.

Mais je ne veux pas donner, par ma présence prolongée, de nouveaux prétextes à l'agitation des esprits, si troublés en ce moment.

Je quitte donc Chambord que vous m'avez donné, et dont j'ai porté le nom avec fierté, depuis quarante ans, sur les chemins de l'exil.

En m'éloignant, je tiens à vous le dire, je ne me sépare pas de vous ; la France sait que je lui appartiens.

Je ne puis oublier que le droit monarchique est le patrimoine de la nation, ni décliner les devoirs qu'il m'impose envers elle.

Ces devoirs, je les remplirai, croyez-en ma parole d'honnête homme et de roi.

Dieu aidant, nous fonderons ensemble et quand vous le voudrez, sur les larges assises de la décentralisation administrative et des franchises locales, un gouvernement conforme aux besoins du pays.

Nous donnerons pour garantie à ces libertés publiques, auxquelles tout peuple chrétien a droit, le suffrage universel honnêtement pratiqué et le contrôle de deux chambres ; et nous reprendrons, en lui restituant son caractère véritable, le mouvement national de la fin du dernier siècle.

Une minorité, révoltée contre les vœux du pays, en a fait le point de départ d'une période de démoralisation par le mensonge et de désorganisation par la violence ; ses criminels attentats ont imposé la révolution à une nation qui ne demandait que des réformes, et l'ont, dès-lors, poussée vers l'abîme, où hier elle eût péri sans l'héroïque effort de notre armée.

Ce sont les classes laborieuses, ces ouvriers des champs et des villes dont le sort a fait l'objet de mes plus vives préoccupations et de mes plus chères études et qui ont le plus souffert de ce désordre social.

Mais la France, cruellement désabusée par des désastres sans exemple, comprendra qu'on ne revient pas à la vérité en changeant d'erreur, et qu'on n'échappe pas, par des expédients, à des nécessités éternelles.

Elle me rappellera, et je viendrai à elle, tout entier, avec mon dévouement, mon principe et mon drapeau.

A l'occasion de ce drapeau, on a parlé de conditions que je ne puis pas subir.

FRANÇAIS !

Je suis prêt à tout pour aider mon pays à se relever de ses ruines, et à reprendre son rang dans le monde ; le seul sacrifice que je ne puisse faire est celui de mon honneur.

Je suis et je veux être de mon temps ; je rends un sincère hommage à toutes ses grandeurs, et, quelle que soit la couleur du drapeau sous lequel marchaient nos soldats, j'ai admiré leur héroïsme et rendu grâce à Dieu de tout ce que leur bravoure ajoutait au trésor des gloires de la France.

Entre vous et moi, il ne doit exister ni malentendu ni arrière-pensée.

Non, je ne laisserai pas, parce que l'ignorance ou la crédulité auront parlé de priviléges, d'absolutisme, ou d'intolérance, que sais-je encore ? de dîmes, de droits féodaux, fantômes que la plus audacieuse mauvaise foi essaye de ressusciter à ses yeux, je ne laisserai pas arracher de mes mains l'étendard d'Henri IV, de François Ier et de Jeanne d'Arc.

C'est avec lui que s'est faite l'unité nationale ; c'est avec lui que vos pères, conduits par les miens, ont conquis cette Alsace et cette Lorraine, dont la fidélité sera la consolation de nos malheurs.

Il a vaincu la barbarie sur cette terre d'Afrique, témoin des premiers faits d'armes des princes de ma famille ; c'est lui qui vaincra la barbarie nouvelle dont le monde est menacé.

Je le confierai sans crainte à la vaillance de notre armée ; il n'a jamais suivi, elle le sait, que le chemin de l'honneur. Je l'ai reçu comme un dépôt sacré du vieux roi mon aïeul, mourant en exil ; il a toujours été pour moi inséparable du souvenir de la patrie absente ; il a flotté sur mon berceau, je veux qu'il ombrage ma tombe.

Dans les plis glorieux de cet étendard sans tâche, je vous apporterai l'ordre et la liberté.

FRANÇAIS !

Henri V ne peut abandonner le drapeau blanc d'Henri IV.

HENRI.

Chambord, 5 juillet 1871.

MANIFESTE DU ROI (1872).

La persistance des efforts qui s'attachent à dénaturer mes paroles, mes sentiments et mes actes, m'oblige à une protestation que la loyauté commande et que l'honneur m'impose.

On s'étonne de m'avoir vu m'éloigner de Chambord, alors qu'il m'eût été si doux d'y prolonger mon séjour, et l'on attribue ma résolution à une secrète pensée d'abdication.

Je n'ai pas à justifier la voie que je me suis tracée. Je plains ceux qui ne m'ont pas compris ; mais toutes les espérances basées sur l'oubli de mes devoirs sont vaines.

Je n'abdiquerai jamais.

Je ne laisserai pas porter atteinte, après l'avoir conservé intact pendant quarante années, au principe monarchique, patrimoine de la France, dernier espoir de sa grandeur et de ses libertés.

Le césarisme et l'anarchie nous menacent encore, parce que l'on cherche dans des questions de personnes le salut du pays, au lieu de le chercher dans les principes.

L'erreur de notre époque est de compter sur les expédients de la politique, pour échapper aux périls d'une crise sociale.

Et cependant, la France, au lendemain de nos désastres, en affirmant dans un admirable élan, sa foi monarchique, a prouvé qu'elle ne voulait pas mourir.

Je ne devais pas, dit-on, demander à nos valeureux soldats de marcher sous un nouvel étendard.

Je n'arbore pas un nouveau drapeau, je maintiens celui de la France, et j'ai la fierté de croire qu'il rendrait à nos armées leur antique prestige.

Si le drapeau blanc a éprouvé des revers, il y a des humiliations qu'il n'a pas connues.

J'ai dit que j'étais la réforme ; on a feint de comprendre que j'étais la réaction.

Je n'ai pu assister aux épreuves de l'Eglise sans me souvenir des traditions de ma patrie. Ce langage a soulevé les plus aveugles passions.

Par mon inébranlable fidélité à ma foi et à mon drapeau, c'est l'honneur même de la France et son glorieux passé que je défends, c'est son avenir que je prépare.

Chaque heure perdue à la recherche de combinaisons stériles profite à tous ceux qui triomphent de nos abaissements.

En dehors du principe national de l'hérédité monarchique, sans lequel je ne suis rien, avec lequel je puis tout, où seront nos alliances? Qui donnera une forte organisation à notre armée ? Qui rendra à notre diplomatie son autorité ? à la France, son crédit et son rang ?

Qui assurera aux classes laborieuses le bienfait de la paix, à l'ouvrier la dignité de sa vie, les fruits de son travail, la sécurité de sa vieillesse ?

Je l'ai répété souvent, je suis prêt à tous les sacrifices compatibles avec l'honneur, à toutes les concessions qui ne seraient pas des actes de faiblesse.

Dieu m'en est témoin, je n'ai qu'une passion au cœur, le bonheur de la France ; je n'ai qu'une ambition, avoir ma part dans l'œuvre de reconstitution qui ne peut être l'œuvre exclusive d'un parti, mais qui réclame le loyal concours de tous les dévouements.

Rien n'ébranlera mes résolutions, rien ne lassera ma patience, et personne, sous aucun prétexte, n'obtiendra de moi que je consente à devenir le roi légitime de la Révolution.

25 janvier 1872.   HENRI.

LETTRE A M. CHESNELONG.

Salzbourg, 27 octobre 1873.

J'ai conservé, monsieur, de votre visite à Salzbourg, un si bon souvenir, j'ai conçu pour votre noble caractère une si profonde estime, que
je n'hésite pas à m'adresser loyalement à vous, comme vous êtes venu
vous-même loyalement vers moi.

Vous m'avez entretenu, durant de longues heures, des destinées
de notre chère et bien-aimée Patrie, et je sais qu'au retour, vous avez
prononcé, au milieu de vos collègues, des paroles qui vous vaudront
mon éternelle reconnaissance. Je vous remercie d'avoir si bien compris
les angoisses de mon âme, et de n'avoir rien caché de l'inébranlable
fermeté de mes résolutions.

Aussi ne me suis-je point ému quand l'opinion publique, emportée
par un courant que je déplore, a prétendu que je consentais enfin à
devenir le roi légitime de la Révolution. J'avais pour garant le témoi-
gnage d'un homme de cœur, et j'étais résolu à garder le silence, tant
qu'on ne me forcerait pas à faire appel à votre loyauté.

Mais puisque, malgré vos efforts, les malentendus s'accumulent,
cherchant à rendre obscure ma politique à ciel ouvert, je dois toute
la vérité à ce pays dont je puis être méconnu, mais qui rend hommage
à ma sincérité, parce qu'il sait que je ne l'ai jamais trompé et que je ne
le tromperai jamais.

On me demande aujourd'hui le sacrifice de mon honneur. Que
puis-je répondre ? Sinon que je ne rétracte rien, que je ne retranche
rien de mes précédentes déclarations. Les prétentions de la veille me
donnent la mesure des exigences du lendemain, et je ne puis consentir
à inaugurer un règne réparateur et fort par un acte de faiblesse.

Il est de mode, vous le savez, d'opposer à la fermeté d'Henri V
l'habileté d'Henri IV. « *La violente* amour que je porte à mes sujets,
disait-il souvent, me rend tout possible et honorable. »

Je prétends, sur ce point, ne lui céder en rien, mais je voudrais
bien savoir quelle leçon se fût attirée l'imprudent assez osé pour lui
persuader de renier l'étendard d'Arques et d'Ivry.

Vous appartenez, monsieur, à la province qui l'a vu naître, et vous
serez, comme moi, d'avis qu'il eût promptement désarmé son interlocuteur, en lui disant, avec sa verve béarnaise : « Mon ami, prenez mon

drapeau blanc ; il vous conduira toujours au chemin de l'honneur et de la victoire. »

On m'accuse de ne pas tenir en assez haute estime la valeur de nos soldats, et cela au moment où je n'aspire qu'à leur confier tout ce que j'ai de plus cher. On oublie donc que l'honneur est le patrimoine commun de la Maison de Bourbon et de l'armée française, et que, sur ce terrain-là, on ne peut manquer de s'entendre !

Non ! je ne méconnais aucune des gloires de ma patrie, et Dieu seul, au fond de mon exil, a vu couler mes larmes de reconnaissance toutes les fois que, dans la bonne ou dans la mauvaise fortune, les enfants de la France se sont montrés dignes d'elle.

Mais nous avons ensemble une grande œuvre à accomplir. Je suis prêt, tout prêt à l'entreprendre quand on voudra, dès demain, dès ce soir, dès ce moment. C'est pourquoi je veux rester tout entier ce que je suis. Amoindri aujourd'hui, je serais impuissant demain.

Il ne s'agit de rien moins que de reconstituer sur ses bases naturelles une société profondément troublée, d'assurer avec énergie le règne de la loi, de faire renaître la prospérité au dedans, de contracter au dehors des alliances durables, et surtout de ne pas craindre d'employer la force au service de l'ordre et de la justice.

On parle de conditions ; m'en a-t-il posé ce jeune prince dont j'ai ressenti avec tant de bonheur la loyale étreinte, et qui n'écoutant que son patriotisme, venait spontanément à moi, m'apportant au nom de tous les siens des assurances de paix, de dévouement et de réconciliation?

On veut des garanties ; en a-t-on demandé à ce Bayard des temps modernes, dans cette nuit mémorable du 24 mai, où l'on imposait à sa modestie la glorieuse mission de calmer son pays par une de ces paroles d'honnête homme et de soldat, qui rassurent les bons et font trembler les méchants ?

Je n'ai pas, c'est vrai, porté comme lui l'épée de la France sur vingt champs de bataille ; mais j'ai conservé intact, pendant quarante-trois ans, le dépôt sacré de nos traditions et de nos libertés. J'ai donc le droit de compter sur la même confiance, et je dois inspirer la même sécurité.

Ma personne n'est rien ; mon principe est tout. La France verra la fin de ses épreuves quand elle voudra le comprendre. Je suis le pilote nécessaire, le seul capable de conduire au port, parce que j'ai mission et autorité pour cela.

Vous pouvez beaucoup, monsieur, pour dissiper les malentendus et arrêter les défaillances à l'heure de la lutte. Vos consolantes paroles, en quittant Salzbourg, sont sans cesse présentes à ma pensée : la France ne peut pas périr, car le Christ aime encore ses Francs, et lorsque Dieu a résolu de sauver un peuple, il veille à ce que le sceptre de la Justice ne soit remis qu'en des mains assez fermes pour le porter.

HENRI.

TABLE DES MATIÈRES.

Périgueux, imp. Cassard frères, Cours Fénelon, 7, et rue Mataguerre, 4.

www.ingramcontent.com/pod-product-compliance
Lightning Source LLC
Chambersburg PA
CBHW070822260626
47161CB00006B/2372